LE CINQUIÈME PROCÉDÉ

DU MÊME AUTEUR

AUX ÉDITIONS FLEUVE NOIR :

Dans la collection Spécial-Police :

Drôle d'épreuve pour Nestor Burma.
Nestor Burma en direct.
Nestor Burma revient au bercail.
Un croque-mort nommé Nestor.
Nestor Burma dans l'île.
Nestor Burma court la poupée.
Abattoir ensoleillé.
120, rue de la Gare.

ŒUVRES DIVERSES :

« Les nouveaux mystères de Paris » :

1 Le soleil naît derrière le Louvre.
2 M'as-tu vu en cadavre ?
3 Des kilomètres de linceuls.
4. Fièvre au Marais.
5 La nuit de Saint-Germain-des-Prés.
6 Les rats de Montsouris.
7 Corrida aux Champs-Élysées.
8 Pas de bavards à la Muette.
9 Brouillard au pont de Tolbiac.
10 Les eaux troubles de Javel.
11 Boulevard... ossements.
12 Casse-pipe à la Nation.
13 Micmac moche au Boul' Mich'.
14 Du rébecca rue des Rosiers.
15 L'envahissant cadavre de la plaine Monceau.

16 Nestor Burma et le Monstre.
17 L'homme au sang bleu.
18 Énigme aux Folies-Bergère.
19 Johnny Metal.
20 Johnny Metal et le dé de jade.
21 Miss Chandler est en danger.
22 Le gang mystérieux.
23 Gros plan du macchabée.
24 Nestor Burma contre C.Q.F.D..

LÉO MALET

LE CINQUIÈME PROCÉDÉ

ÉDITIONS FLEUVE NOIR
6, rue Garancière - PARIS VIᵉ

La loi du 11 mars 1957 n'autorisant, aux termes des alinéas 2 et 3 de l'Article 41, d'une part, que *les copies ou reproductions strictement réservées à l'usage privé du copiste et non destinées à une utilisation collective*, et, d'autre part, que les analyses et les courtes citations dans un but d'exemple et d'illustration, *toute représentation ou reproduction intégrale ou partielle, faite sans le consentement de l'auteur ou de ses ayants droit ou ayants cause, est illicite* (alinéa 1er de l'Article 40).
Cette représentation ou reproduction, par quelque procédé que ce soit, constituerait donc une contrefaçon sanctionnée par les Articles 425 et suivants du Code pénal.

© 1947, S.E.P.E.

© 1985, « Éditions Fleuve Noir », Paris.
ISBN 2-265-02997-1

A Jean ROUGEUL

CHAPITRE PREMIER

1942. — MISSION A MARSEILLE

Jackie Lamour — cet amour de Jackie Lamour —, était quelqu'un qui valait le voyage.

J'avais d'ailleurs fait celui de Paris-Marseille presque exclusivement pour me rendre compte de l'intensité de son sex-appeal. Car c'est dans cette ville, au *Cabaret du Merle*, rue Vacon, qu'en ce temps-là Jackie Lamour déchaînait l'enthousiasme d'un parterre de « repliés ».

Empruntant une idée à Jean Cocteau, un type dont j'ai su depuis qu'il était prestidigitateur, ou quelque chose d'analogue, elle dansait devant un rideau noir, les bras et le tronc moulés dans un maillot sombre, ne laissant apparaître et s'agiter que les jambes et la tête. Dans le genre femme coupée en morceaux, c'était réussi et ça faisait même un drôle d'effet. Mais on ne se lassait pas de contempler les jambes de Jackie parce que ça, pour être des jambes, c'en étaient.

Et certain soir, en petit verni et privilégié que je suis, je fus à même de constater que la beauté des bras inconnus de la danseuse ne le cédait en rien à celle de ses membres que je n'ose qualifier d'inférieurs.

Ce fut lorsque, sous la menace de mon revolver, elle les éleva au-dessus de sa tête en un correct et photogénique haut les mains et que, dans le mouvement, les vastes manches de son vêtement d'intérieur glissèrent jusqu'à ses épaules.

Ces bras parfumés, d'une carnation troublante, d'un modelé gracieux étaient assurément sans rivaux. Un détail, toutefois, déparait le gauche.

A dix centimètres du coude, une cicatrice était visible, qui n'avait pu être occasionnée par le jet de fleurs d'un admirateur. J'en jugeai rapidement, car je n'avais pas le loisir de m'éterniser, mais cela ressemblait fort à la trace d'une ancienne blessure par arme à feu.

Robert Beaucher m'avait dit que je trouverais ce qu'il désirait si fort récupérer dans le secrétaire d'acajou ou peut-être encore parmi le fouillis d'un petit chiffonnier situé près du piano, parce que Jackie Lamour, qui était loin d'être sotte, savait bien les vertus des plus simples cachettes.

D'avoir, un temps, partagé la couche de la danseuse, faisait s'illusionner Robert Beaucher sur les capacités intellectuelles de celle-ci.

Ce que je cherchais n'était dans aucun des deux endroits désignés. Mais je ne m'étais pas découragé et j'avais fini par mettre la main dessus, au milieu de diverses paperasses, sur le dernier rayon d'une bibliothèque. Toutes ces recherches m'avaient pris du temps et je me disposais à battre en retraite, somme toute satisfait d'avoir mené ma mission à bien sans avoir troublé le sommeil de l'unique larbin de la maison qui logeait au dernier étage de la villa, lorsque, sur la route, un bruit de moteur m'avait fait tendre l'oreille. Je ne fus pas long à comprendre mais l'auto fut encore plus rapide que moi. Elle stoppa devant la villa avant que j'aie pu m'enfuir.

Il était trop tôt pour que ce fût là Jackie Lamour de retour du cabaret. Je m'approchai vivement de la fenêtre de façade et en ouvris les vitres. Le gravier de l'allée crissa sous un double pas, et un bruit étouffé de conversation, à moitié couvert par le halètement du moteur qui, sur la route, tournait toujours, me parvint.

Contrairement à mes déductions, c'était bien la danseuse. Son compagnon l'appelait Jackie et elle, d'une voix enchifrenée, se plaignait du peu de confort des loges du *Merle*. Elle y avait attrapé froid, c'était sûr, et, ne pouvant exécuter son numéro, elle rentrait prématurément.

Le type qui l'accompagnait paraissait sincèrement navré de tout cela, mais, me sembla-t-il, beaucoup plus pour lui-même que pour elle. Tout d'abord, comme j'ai horreur du froid et que j'en avais ma dose depuis que je fouillais dans ce salon humide, parce que, même à Marseille, le mois de novembre n'est pas le mois d'août, j'avais cru que la température me procurait des hallucinations auditives. Mais il me fallait me rendre à l'évidence. Je connaissais la voix de ce zigoto et, dans un sens, c'était marrant sans l'être.

Le couple pénétra dans la villa. J'entendis des portes battre et Jackie dire qu'il était inutile de réveiller Joseph. C'était peut-être inutile, mais si elle continuait un foin pareil, le larbin allait sauter tout seul de son plumard. Le type approuva et balança une phrase quelconque au sujet d'une affaire à liquider, à quoi la femme rétorqua qu'il était sans doute tocbombe. Je me dis alors que Robert Beaucher n'avait pas tort. Elle était bougrement coriace, la Jackie Lamour !

Ils s'installèrent dans la pièce à côté de celle où je commençais à attraper l'onglée et je les entendis préparer le poêle. Songeant qu'avant de partir il serait peut-être profitable d'écouter ce qu'ils allaient se dire, j'approchai mon oreille de la porte de communication. Jackie râlait toujours après son rhume et le taulier du *Merle*. Pour souffler un peu, elle laissait tomber ces deux sujets de récrimination, et houspillait son compagnon, lequel, à l'entendre, s'y prenait comme un pied, oui, comme un pied, pour allumer le feu, et que lui et sa bagnole, qui s'arrêtait tous les dix mètres, faisaient une belle paire. Le « pied », lui, ne répondait rien, et je songeai que c'était un petit mariolle et qu'intérieurement il devait rigoler comme pas un.

Au bout d'un moment d'écoute infructueuse, je jugeai préférable de ne plus perdre mon temps et d'essayer de me débiner avant que les deux tourtereaux mâtinés tigre du Bengale ne viennent faire de la musique dans ce salon, ce qui était bien improbable vu, entre autres raisons, l'état de santé de la femme, mais on ne sait jamais.

Cette baraque était construite de telle façon que les visiteurs inattendus obstruaient maintenant mon chemin de départ. Le passage par la porte m'étant interdit, je me rabattis sur les fenêtres. Là, je fus désappointé et me traitai in petto de tous les noms pour ne pas avoir au préalable examiné les possibilités de fuite. Ce qui, par parenthèse, était immérité, puisque je ne pouvais prévoir que celle que je venais cambrioler rentrerait se coucher comme une bien sage enfant de Marie. Les volets étaient fortement cadenassés et, pour les forcer, c'était midi. J'essayai tout de même et je compris bientôt combien mes efforts étaient vains.

Alors, je me mis à réfléchir vite et, à l'aide des mêmes outils qui s'étaient avérés inefficaces sur les cadenas des volets, j'entrepris en silence d'esquinter quelques tiroirs et la serrure d'un coffre, histoire de faire croire, puisqu'il n'y avait plus moyen de cacher ma présence, à un cambriolage vulgaire.

Le coffre abritait un certain nombre de billets de banque et des boucles d'oreilles. Au point où j'en étais, il n'y avait pas à hésiter. Je m'appropriai toute cette marchandise.

Je rengainai ma lampe électrique, boutonnai soigneusement mon trench-coat, ramenai mon cache-nez presque sur ma bouche, rabattis sur les yeux le bord de mon chapeau et mis le revolver au poing. Ainsi paré, j'atteignis la porte, écoutai, le temps de percevoir un reniflement de la môme Lamour, le ronflement du poêle que le « pied » avait enfin réussi à faire fonctionner et le « pied » lui-même baragouiner une phrase indistincte, tournai le bouton, sortis le pêne de sa gâche et, poussant le battant d'un coup de soulier à le fendre en deux, j'apparus en pleine lumière, comme un vrai diable.

Complètement sidérée, Jackie Lamour n'eut pas la force de jeter un cri. Quant à son compagnon, il n'attendit pas mon injonction pour diriger ses mains vers le lustre. Il avait beau être gros, je savais qu'il n'opposerait aucune résistance.

— Haut les mains et fermez-la, ordonnai-je, la voix étouffée, mais ferme, de celui qui n'est pas disposé à se laisser marcher sur les pieds et pour qui le pétard qu'il brandit n'est pas un accessoire de théâtre.

De plus en plus baba, la danseuse obéit, pratiquement sans s'en rendre compte, et ce fut alors que j'aperçus la cicatrice.

*
**

L'émotion soulevait la poitrine de la fille. Encore un truc dont étaient privés les clients à 75 balles le verre du *Cabaret du Merle,* un sein pointait entre les dentelles, mignon tout plein et des plus fermes.

Cependant, pour attrayant que soit ce spectacle, je ne pouvais pas rester là jusqu'à ce que la Maréchale Pétain eut des quintuplées, par exemple, d'autant plus que je me rendis compte en vitesse que ce prix de beauté n'était pas fille à s'endormir longtemps sur le rôti. N'ayant pas froid aux yeux, l'effet de surprise passé, elle conjecturait facilement qu'après tout, j'étais seul.

Je ne lui permis pas de pousser plus avant ses déductions. Je fis un pas rapide dans la pièce et, d'un unique coup de crosse au sommet du crâne, démontrai à l'exquise personne une figure rythmique swing et foudroyante que je venais d'inventer pour les besoins de la cause et qui pouvait s'intituler : *J'ai avalé un cachet de dynamite* ou *En voiture pour chez Morphée,* au choix.

Elle dégringola sur le plumard. Pour l'aider à respirer, je lui couvris la tête d'un coussin et m'approchai ensuite du type. Souriant, je posai mon index sur mes lèvres, en une invite au silence, puis, après avoir tâté significativement la poche où reposait mon butin, j'esquissai un vague geste d'excuse et lui balançai à lui aussi un pain apparemment garanti sans ticket et pétri selon les règles.

Il accompagna le coup, ce qui ne l'empêcha pas de reculer en titubant comme s'il l'avait stoppé sec. La cloison l'arrêta. Il alla au sol. En tombant, il s'arrangea pour heurter le coin d'un meuble et son nez aquilin se mit à saigner comme une fontaine.

Je me dis que si jamais ce type faisait faillite, il avait de la ressource au théâtre, parce que, dans cette branche, des frimants de sa force, il ne devait pas en exister des masses.

Laissant le couple en digue-digue, je me glissai hors de la chambre et, une fois dans le couloir, m'immobilisai, aux aguets. La petite séance de pancrace n'avait pas été tellement bruyante. Là-haut, Joseph continuait de dormir.

Je gagnai la porte, l'ouvris avec les fausses clés qui m'avaient déjà permis d'entrer dans cette villa et, toujours sans bruit, refermai de deux tours de clé. Dehors, on ne pouvait pas dire qu'il faisait bon. Les pins bruissaient. Un vent s'était levé qui soufflait de la mer et il n'avait rien de chaud.

Dans le coffre à outils de la voiture toujours sous

pression, je m'emparai d'un marteau et d'un ciseau, et revins vers la maison. J'avisai sur le derrière une porte qui devait donner dans la cuisine et j'en démantibulai la serrure pour laisser croire que je m'étais introduit par là.

Cette mise en scène effectuée, je mis, au volant de la voiture, le cap sur Marseille.

J'y arrivai sans pépin, ce qui était une preuve supplémentaire de la méchanceté de Jackie Lamour qui calomniait même les plus irréprochables mécaniques. Les rues étaient désertes. Je fis des vœux pour ne pas tomber sur une patrouille de police, et, comme je dois être dans les papiers du Bon Dieu, je n'aperçus pas l'ombre d'un flic. Je rangeai la bagnole devant une certaine maison et regagnai mon hôtel à pied.

Une heure du matin sonnait à une horloge proche, lorsque j'entrai dans ma chambre. Depuis soixante minutes nous étions le 8 novembre, le 8 novembre 1942. Déjà, là-bas, de l'autre côté de la Méditerranée, à Alger, des gars — ceux qui étaient dans le secret du débarquement américain —, commençaient à se sentir nerveux.

Six heures plus tard, je ne dormais pas encore, lorsqu'on me demanda au téléphone.

— Qu'attendez-vous pour m'apporter l'objet ? fit abruptement Robert Beaucher, d'une voix rien moins qu'aimable.

— Que vous m'appeliez.
— Eh bien ! c'est fait, maintenant !
— Alors, j'arrive tout de suite.
— Attendez un peu...

Les événements de la nuit lui avaient troublé l'esprit. Instable, il commença par me freiner et me dire que non, pas tout de suite, et surtout pas chez lui... Il me donna rendez-vous pour 10 heures, au Vieux-Port. J'écoutai patiemment ses instructions détaillées, jusqu'à ce qu'il me recommandât d'observer toutes les précautions désirables. Je rétorquai alors que c'était mon métier d'en prendre, qu'il en avait d'ailleurs fait l'expérience, et je raccrochai.

J'enveloppai d'un journal le paquet de lettres que j'étais allé récupérer dans la villa de la danseuse et fis un second paquet des billets de banque et des bijoux subtilisés pour masquer le véritable but de ma visite nocturne.

Ensuite, mon intention étant de regagner Paris le soir même, parce que j'en avais plutôt marre de la zone nono, je bouclai mes bagages et les disposai à la tête de mon lit, à l'exception d'une serviette de cuir que je déposai dans le coffre de l'hôtel.

Je sortis. Les rues étaient agitées. La nouvelle de l'opération alliée sur l'Algérie venait de parvenir et, dans une ville comme Marseille, ça faisait un malheur, surtout un dimanche. Des gens, qui ne se connaissaient manifestement pas, s'interpellaient. Les propos allaient leur train. Le bobard se portait comme un charme. Les noms de Pétain, Darlan, Noguès, Roosevelt se croisaient.

J'achetai l'édition spéciale d'un journal et allai attendre l'heure de mon rendez-vous dans un endroit discret où on se foutait pas mal de tout cela pourvu que le marché noir n'en fût pas fâcheusement affecté. La spécialité de la maison était le vrai café. Il n'y a rien de tel que le vrai café vraiment noir pour réparer les nuits blanches. Trois tasses me ravigotèrent. J'en avais besoin. Il s'agissait d'avoir les yeux en face des trous pour vérifier les honoraires dont allait me gratifier mon client.

                             *
                            * *

Robert Beaucher m'avait fixé rendez-vous dans un drôle d'endroit. La femme qui m'ouvrit, d'un blond factice, abritait sous un kimono défraîchi un corps qui ne l'était pas moins, avait des yeux fatigués au regard sale et des tifs et un maquillage demandant de toute urgence : les premiers, un sérieux coup de peigne ; le second à être renouvelé. Bref, d'indéniables allures de sous-maxé mal réveillée.

A sa vue, je réfléchis que cet industriel était incorrigible, que, s'il ne mettait un frein à ses débauches, il passerait sa vie à concurrencer Caruso et que d'avoir éliminé Jackie Lamour ne servirait à rien. En même temps, je me dis que tout ça n'était pas mes affaires et qu'il fallait bien qu'il y eût sur terre des mirontons de cet acabit, sans quoi les maîtres chanteurs et les détectives privés n'auraient d'autre ressource que d'aller travailler en usine, et rien que d'y penser j'en avais les mains calleuses.

Il était 10 heures juste, mais Beaucher n'était pas là. La vieille m'introduisit dans une pièce sans fenêtre, au plafond muni d'une ampoule anémique, salon vaguement japonais qui avait dû, jadis, quand il était moins poussiéreux, retenir des rires et des jurons de ce qui se fait de mieux dans le genre navigateur. Je m'assis et attendis en fumant ma pipe et songeant.

Pour un drôle de corps, Robert Beaucher était un drôle de corps ! Lors de notre première rencontre, il avait, à ma vue, failli sauter au plafond. Puis il s'était esclaffé sans raison. Tout le temps de l'entretien, il avait paru la trouver bien bonne. En y réfléchissant, ce n'était pas exactement sans raison qu'il se marrait. Il se trouvait en présence d'un quidam en trench-coat, knikerbockers et chapeau mou, porteur, en outre, d'une moustache, et je crois que c'est cette moustache qui avait provoqué son hilarité, parce que cela me faisait ressembler davantage à un bourre classique qu'à un élégant policier privé modèle Villiod, avec cape, loup sur le visage, clé monumentale entre les bras et autres éléments d'un sex-appeal cousu main.

A propos de moustache, cela me prenait de temps en temps de la laisser pousser. Primo, par flemme ; secundo, dans le but pieux de ressembler à mon père, lequel, d'après ses photos, offrait aux regards émerveillés des femmes de l'époque des bacchantes en guidon de vélo à l'efficacité garantie sur facture. Le goût féminin a bien changé depuis ! Ce genre de fantaisies, même dans la mesure des nécessités professionnelles, ne plaisait pas du tout à Hélène Chatelain, ma secrétaire. Et ça faisait rigoler mon client.

A ce point de mes ruminations, celui-ci s'amena enfin. Il ne rigolait plus. Si son nez témoignait encore de sa rencontre avec le coin du meuble, plus rien n'apparaissait, dans sa physionomie rondouillarde, de mon coup de poing, mais il semblait agité et de mauvaise humeur. Peut-être le débarquement américain en Afrique ne concordait-il pas avec ses personnelles opinions politiques. Son appendice nasal m'aurait pourtant laissé supposer le contraire.

— Alors ? lança-t-il sans préambule. Vous avez ces lettres ?

— Les voici.

Il m'arracha presque des mains le paquet serré d'une faveur noire et se mit en devoir de compter fiévreusement les billets doux.

— C'est complet, l'informai-je. Dix-sept. Le nombre que vous m'aviez dit... J'ignorais, ajoutai-je, que vous vous appeliez Peter... Joli pseudonyme sentimental, Peter. (Les lettres étaient signées de ce prénom.) Peter... Peter Ibbetson.

Il fronça les sourcils.

— Vous les avez lues ?

Je fus sur le point de lui avouer que je m'étais bien amusé même. Je me bornai à déclarer professionnellement que m'assurer de la valeur de mon butin était élémentaire, que je ne pouvais courir le risque d'emporter les élucubrations d'un autre excité, etc.

— C'est juste, opina-t-il.

Il ne pensait pas entièrement ce qu'il disait.

— Vous savez, le rassurai-je, un détective privé c'est comme qui dirait un prêtre.

— Possible, trancha-t-il, mais là n'est pas la question.

Il enfouit le paquet dans la poche de son pardessus et m'allongea mes honoraires en espèces, ce qui était préférable à un chèque. Après vérification, je m'enquis de la môme Terpsichore et il ne m'étonna pas en me disant qu'à son... réveil elle avait fait un sérieux raffut.

— Je ne lui ai rien cassé, j'espère ?
— Elle a seulement une bosse.
— Et vous ?
— Ça va, grinça-t-il.
— Vous épargner m'était difficile, m'excusai-je.
— J'ai compris cela tout de suite.

Je me mis à rire.

— Vous avez fort bien joué votre rôle. Un spectateur non prévenu m'aurait pris pour Carnera... N'empêche, bougonnai-je, que pour une entreprise discrète, vous me la copierez ! Ce n'est vraiment pas de veine que cette fille, qui expose ses cuisses à tous les courants d'air depuis plusieurs mois, ait attendu, pour y attraper froid, la nuit où nous avions besoin qu'elle rentre encore plus tardivement que de coutume... Ça aurait pu faire un joli gâchis... Enfin, heureusement que vous aviez décidé de passer la soirée avec elle, sous prétexte de poursuivre les négociations, insinuai-je, pour vous forger un alibi...

— Faites-moi grâce de vos conjectures, m'interrompit-il, aigrement.

Que je prétendisse raisonner ne lui plaisait manifestement pas. Toutefois, comme ce genre d'exercices fait partie de mon boulot, je poursuivis, au risque de le mécontenter définitivement, ce dont je me foutais, maintenant qu'il avait payé mes services :

— Si elle était rentrée dans sa propre voiture, peut-être n'aurais-je pas eu le temps d'accomplir ma mission. Je m'apprêtais à partir lorsque vous êtes arrivés. Je suppose que vous avez tout tenté pour retarder ce moment. Pannes simulées et tout le bastringue. J'ai pu constater que votre voiture fonctionnait normalement. Je m'excuse encore de vous avoir fait revenir sans elle de cette lointaine banlieue, mais il me fallait quitter par les moyens les plus rapides le lieu de mes exploits. Surtout après ce cambriolage-alibi que j'ai été forcé de simuler. A propos, voici les clés que vous m'aviez remises et ce dont je me suis emparé dans le coffre. Débrouillez-vous pour le lui restituer. Au fait, s'est-elle aperçue de la disparition des lettres ?

— Je ne crois pas, dit Robert Beaucher. Ce cambriolage l'a complètement médusée.

— Elle va porter plainte sans doute ?

— Euh... oui... sans doute... je crois qu'elle en a l'intention.

— Elle ne l'a pas encore fait ?

— Non. Pas quand je l'ai quittée.

— Eh bien, arrangez-vous pour qu'elle rentre en possession de son bien avant qu'elle se livre à cette extrémité. J'aimerais autant que l'affaire n'eût pas de suites.

Il ne répondit pas, empocha mon larcin et me fit comprendre que l'entrevue était terminée. Je devinais depuis un certain temps que cette conversation lui tapait sur les nerfs et, personnellement, je n'aspirais qu'à aller respirer l'air salubre. Nous étions donc d'accord. Il se dirigea vers la sortie. Je lui emboîtai le pas. Il m'arrêta.

— Je vous serais reconnaissant de quitter cette maison un quart d'heure après moi, dit-il. Il n'est pas nécessaire qu'on nous voie ensemble.

— Vous êtes un fameux froussard, ricanai-je. A présent que vous tenez les lettres, Jackie ne peut plus rien contre vous et je doute qu'elle se balade dans le quartier. Enfin, c'est comme vous voudrez...

Je m'assis, et ce n'est pas quinze minutes après lui que je sortis, mais plus d'une demi-heure. Je m'étais assoupi et la vioque à binette de sous-maxé vint me réveiller lorsque, j'ignore par quel prodige, elle se souvint que je séchais dans son salon japonais.

Je rôdaillai un petit peu et, un miroir me renvoyant mon image, je balançai pour savoir si je raserais ou non ma moustache. Il me semblait que la faire disparaître me réveillerait tout à fait. Bien entendu, il n'était pas question d'effectuer l'opération moi-même. C'était trop de travail. Je visitai quelques salons de coiffure, mais ils étaient bondés. Je laissai tomber, allai me renseigner à la gare Saint-Charles sur les heures des trains pour Paris — un employé me conseilla ironiquement le 108 à 19 heures, il n'y en avait pas d'autre — et rentrai à l'hôtel piquer un petit somme. C'était encore la meilleure solution.

CHAPITRE II

LE TRAIN 108

Nous étions sept, dans ce compartiment. La lampe du plafond brûlait en veilleuse, simplement pour des raisons de défense passive, car personne, hélas ! ne songeait à dormir. A part moi et un autre voyageur silencieux, les cinq autres n'arrêtaient pas de jacasser sur le débarquement. Voilà un événement qui commençait à me courir. Je m'en laissai rebattre les oreilles pendant plusieurs heures. Lorsque je compris que ce sujet était inépuisable et risquait de nous conduire tous jusqu'au seuil de la prochaine conflagration mondiale, j'exprimai vertement mon désir de les voir changer de disque. Ils me toisèrent avec colère, m'imputant intérieurement des opinions politiques diamétralement opposées aux leurs. Il s'ensuivit une prise de becs carabinée, notamment avec une femme particulièrement hargneuse.

L'incident plus ou moins clos, ils remirent ça. Je levai le camp et transportai mes bagages à l'extrémité du wagon où j'avais repéré une place libre avec vue sur paysage.

J'ignore quels sentiments la vamp diplômée en face de qui je m'assis. nourrissait à l'égard de la nouvelle Europe, mais quels qu'ils fussent, j'étais prêt à les épouser. Ses moyens de conversion rapide consistaient en une paire de jambes à flanquer, de jalousie, des varices à celles de Jackie Lamour. La propriétaire de ces arguments irrésistibles possédait en outre un visage des plus charmants, très espionne blonde, ce qui n'est pas pour me déplaire. Un dessin est inutile : j'entrepris de lui faire du charme en aiguillant la conversation sur... le débarquement. Elle me coula un regard signifiant clairement que mes entrées en matière manquaient d'originalité. Toutefois, de temps en temps, elle esquissait un sourire. Une bonne heure me fut nécessaire pour comprendre que ce qui l'amusait, c'était ma moustache.

Là-dessus, je faillis la lui faire embrasser, car le train stoppa, dans un grand vacarme de ferraille et de chuintements. Nous étions à Chalon-sur-Saône, *Bahnhof-Kontrolle*. Nous passions la ligne. Nous partîmes à la recherche de nos *Ausweis* et autres documents.

La porte à glissière coulissa, actionnée par un jeune officier de la Wehrmacht qu'accompagnait une jeune fille en uniforme, assez svelte pour une Allemande. Il visa presque sans les lire les paperasses de la voyageuse et ce fut à mon tour d'être contrôlé. Pour lui prendre du temps, ça lui prit du temps. Ma profession de détective privé devait lui paraître suspecte. Il examina mes papiers avec une minutie inexplicable, s'interrompant parfois dans son opération pour me jeter un coup d'œil évaluateur ou montrer quelque chose à sa compagne. Enfin, après avoir passé dix minutes à scruter mon laissez-passer et mes pièces d'identité et acquis sans doute la certitude de leur authenticité, il me les rendit avec un petit sourire entendu du coin des lèvres. La fille, elle aussi, riait. Lorsqu'ils s'éloignèrent, j'entendis le soldat baragouiner une phrase où il était question de *polizisten* et de *bruder*. Sous prétexte que j'étais détective, cet olibrius me prenait pour un frangin. Il allait fort.

Après cet incident, la belle voyageuse me considéra

avec un peu plus d'intérêt. Je me promis de pousser mon avantage et pris l'air mystérieux qui convenait à un type possédant des papiers nécessitant un si prolongé examen. Le train repartit. Je poursuivis mes travaux d'approche sous le sourire moqueur dont elle couvait ma moustache. Ce me fut soudain intolérable. Je pris mon rasoir, et songeant à Hélène qui triompherait, allai aux lavabos faire sauter mes bacchantes. Lorsque je regagnai le compartiment, il s'agrémentait de deux nouveaux voyageurs. Le plus jeune avait pris ma succession et vendait déjà sa salade à la vamp diplômée. Celle-ci dédaigna de constater le changement qui s'était opéré dans ma physionomie. J'étais grillé, bel et bien. Je m'assis.

— Encore un arrêt, fit le jeune homme.

Le train ralentissait fortement.

— Non, rétorqua l'autre voyageur, un vieux à barbiche. Nous devons être à la Haute-Futaie. Il y a des réparations sur la voie... des réparations qui n'en finissent plus, d'ailleurs... Je suis un habitué de la ligne... il y a des mois que ça dure et à chaque fois les convois ralentissent pendant un bon kilomètre...

— Il va presque au pas... C'est vraiment celui qui se traîne, s'amusa le jeune homme d'une plaisanterie qui n'était pas de lui, mais qui lui assura un fameux avantage dans les bonnes grâces de la vamp.

Je jugeai préférable de somnoler.

Dix heures ne devaient pas être loin de sonner à l'horloge monumentale de la gare de Lyon (Paris, XIIe arrondissement), lorsque nous arrivâmes dans celle-ci. Je m'ébrouai, les yeux clignotants, la bouche pâteuse, les membres endoloris, et, pour la cent millionième fois depuis septembre 39, pestai après cette guerre qui faisait, entre autres désagréments, adopter aux trains les itinéraires les plus compliqués dans leur fantaisie.

Il régnait un jour sale sous la vaste verrière enfumée, aux vitres bleuies. Je réunis mes bagages et descendis sur le quai grouillant d'une foule ensommeillée.

J'atteignis l'extrémité du convoi, lorsque se produisit un arrêt dans l'écoulement des voyageurs. J'aperçus le chef de gare, suivi de deux flics en tenue, se précipiter vers un wagon. Le fonctionnaire de la S.N.C.F. faisait une gueule qui m'intéressa. J'emboîtai le pas aux trois énervés.

Un agent de police n'avait pas l'air de vouloir permettre que l'on montât dans la voiture. Je la contournai et m'y introduisis à contre-voie, ce côté étant vierge de toute surveillance. Quelques personnes encombraient le couloir. Je m'approchai, insérai ma tête entre celles de deux autres badauds et ne vis rien sauf, dans un compartiment, quatre personnages, dont un flic en uniforme, penchés sur le sol, et, debout à leur côté, le visage torturé de tics, le chef de gare qui faisait une sale bouille. J'entendis soudain une femme appeler Jules et lui dire que « c'était cet individu si grossier qui était monté à Marseille ».

Je tortillai un peu du col et qui je trouve, là, devant moi, me tournant le dos, mais m'ayant aperçu puisqu'elle signalait ma présence à Jules, la chipie que j'avais envoyée rebondir la veille, celle qui me rendait cinglé avec son débarquement.

— Alors, quoi ? m'écriai-je. C'est un spectacle en exclusivité pour votre toupie ? Je n'y ai pas droit, moi ?

Ils furent tous un peu surpris de m'entendre élever ainsi la voix, mais la chipie en question, elle, battit les records de l'étonnement. Elle se retourna comme piquée par un serpent. Elle était déjà pâle. Elle blanchit encore.

— Sa moustache ! s'étrangla-t-elle.

Et elle partit dans les pommes. Encore une à qui mes bacchantes faisaient de l'effet. Commençant à renifler du bizarre, je fis un pas en avant. L'appelé Jules m'agrippa le bras.

— Ne cherchez pas à vous enfuir.

— Je n'en ai pas l'intention, répliquai-je.

Incrédule, il serra plus fort. Et puis, rapide, chevrotant un peu, sans me permettre de l'ouvrir, il s'enquit de sa moustache, expliquant à la ronde que j'en avais une au départ de Marseille, que je me l'étais apparemment rasée en cours de route, ajoutant diverses appréciations sur ma grossièreté, mon attitude louche, l'émotion de sa femme, etc., etc.

Emergeant du compartiment en se mordillant les lèvres, quelqu'un mit fin à ce beau discours. Col rigide, veston croisé, pantalon rayé poussiéreux aux genoux, cela sentait son commissaire spécial. Il me contempla avec effarement, puis, un peu comme dans un rêve :

— Vous portiez moustache ? Pourquoi vous en êtes-vous débarrassé ?

— Il faut une autorisation de la Kommandantur, maintenant ?

Et histoire de lui faire jaillir complètement les yeux hors des orbites :

— Ecoutez, commissaire. En admettant qu'une espionne blonde vous...

Je la bouclai net. Ils s'étaient tous un peu déplacés, dans le compartiment, et moi, quoique harponné par Jules, j'avais encore gagné du terrain, et alors...

En quelque endroit que ce voyageur eût présenté son *Ausweis* pour passer la ligne de démarcation séparant la vie du trépas, le visa lui avait été accordé sans marchandage, en beauté, à en juger par le sang répandu.

Mais cela, c'était l'ordinaire, le banal.

Pour le reste...

Le type portait un trench-coat sale, un pantalon de golf et un chapeau marron, en tous points semblables aux miens. En outre, sa lèvre s'ornait d'une jolie moustache.

En admettant que j'eusse un frère, ça aurait donné à peu près ça.

*
**

A peu près seulement, car la ressemblance était toute superficielle, moins réelle qu'apparente. Rien ne ressemble plus à un trench-coat qu'un autre trench-coat, surtout si les deux appellent les soins du nettoyeur ; deux chapeaux marron peuvent être pris l'un pour l'autre. Ainsi les knickers. A part cette similitude de vêtements et la fameuse moustache, lorsque je l'avais aussi, nos visages différaient très nettement, celui du mort plus épais, plus large que le mien. Il n'y avait aucun rapport entre nos respectives coupes de cheveux. Il fallait ne pas me connaître beaucoup pour me confondre avec ce cadavre, ainsi que l'avait fait la chipie qui revenait peu à peu à elle.

— Je ne suis pas exactement son double... même avec la moustache, dis-je au commissaire, en désignant du menton le macchabée étendu entre les deux banquettes.

Je lui fis part des différences constatées.

— Vous avez l'œil, fit-il, et le sien brilla d'un soupçon accru.

— Question d'entraînement.

Je me libérai de l'étreinte de Jules, fouillai dans ma poche et mis sous le nez du magistrat un certain bristol.

— Oh ! oh ! sifflota-t-il. (Et il ajouta :) Bien, bien.

Visiblement, ce drame ne l'amusait guère. Il aurait volontiers abandonné deux mois de son traitement pour que ce maudit train déraillât vers Melun et qu'on ne parlât jamais de sa charge funèbre.

— Voilà la P.J., annonça à ce moment le flic en uniforme, depuis quelques minutes penché à la portière.

Des types en chapeau noir grimpèrent dans le wagon.

— Encore un feutre marron, un imper et des bacchantes, rigolai-je.

Le possesseur de ces attributs se mit à rire à son tour, ce qui retroussa ses moustaches grises.

— Tiens, tiens ! Nestor Burma, fit-il.

— Salut, commissaire Faroux, saluai-je mon vieil ami du titre auquel il avait droit depuis peu.

— Vous me paraissez bien flatteur, aujourd'hui. Vous...

Il jura.

Par-dessus mon épaule, il venait d'apercevoir le cadavre.

— Qu'est-ce que cela signifie ? s'exclama-t-il. Dédoublement de la personnalité ?

Car il avait de la lecture, Florimond !

Le commissariat spécial de la gare de Lyon était sinistre, à l'exemple de tous les endroits de ce genre. Au-dessous d'affiches prohibitives, d'avis bilingues et d'un portrait en couleurs du chef de l'Etat, tout criblé des souillures des mouches de l'été précédent et noir de poussière, un poêle, trop vaste pour ces années de disette, laissait apparaître à travers les plaques de mica de sa porte la lueur insuffisamment réchauffante de deux ou trois morceaux de charbon embrasés.

M. Belloir, le maître de ces lieux, se balançait d'avant en arrière dans son fauteuil râpé. C'était un truc à contracter le mal de mer, et le personnage n'avait pas besoin de cela pour être malade. Quand, les yeux vagues, il ne se demandait pas pourquoi il n'avait pas embrassé la profession de tout repos de poinçonneur au métropolitain, il considérait avec mauvaise humeur et une évidente envie de vomir un petit disque de métal frappé d'initiales gothiques et d'une croix gammée. M. Belloir arborait le faciès caractéristique, peu propre à induire en erreur le physionomiste distingué que je me flatte d'être, du cotisant ponctuel à plusieurs organisations ultra-nationalistes. Dès que nous fûmes dans son sanctuaire, il ne fit d'ailleurs pas mystère de ses opinions xénophobes. Bien entendu, d'être « occupé » depuis deux ans ne l'avait pas fait revenir à de meilleurs sentiments.

— Et c'est un Serbe ! grogna-t-il pour la dixième fois. Sale métèque !

Il poussa dans notre direction un passeport trouvé sur le cadavre. Faroux feuilleta le document sous mes yeux. Il concernait un certain Milan Kostich, né en 1903 à Belgrade. Le Kostich avait les yeux gris, le visage large, le front découvert et quelques autres particularités inévitablement moyennes. Sa moustache était mentionnée et figurait sur la photo. Le passeport était accompagné d'une carte d'identité délivrée en 1937 par la préfecture de police de Berlin et de l'*Ausweis* nécessaire au passage de la ligne de démarcation.

Tout cela, et l'insigne hitlérien trouvé également sur le cadavre, ne plaisait pas du tout au commissaire Belloir qui, ne pouvant souffrir les étrangers, en trouvait encore un sur le chemin de sa retraite, lessivé, mais plus empoisonnant que s'il eût été vivant. Florimond Faroux, de son côté, ne paraissait pas davantage à la noce. Au risque de l'user, il mordillait sa moustache grise ; puis, cessant cet exercice dangereux, il enlevait de son pantalon un grain de poussière. Très exactement, toutes les quarante secondes, il modifiait l'orientation de son galurin chocolat, ce qui ne rendait pas plus seyant ce couvre-chef fait pour un autre. Enfin, il s'ébroua.

— Faisons les choses régulièrement, déclara-t-il avec l'énergie du désespoir.

Et s'adressant à Belloir :

— Il nous faut un greffier. Votre secrétaire pourrait peut-être en tenir lieu.

Belloir approuva, se leva avec effort et alla à une porte pour appeler son subordonné.

Chapitre de la mine funèbre et allongée, le secrétaire ne le cédait en rien à son supérieur. Il alluma une cigarette comme si c'était la dernière et s'installa devant sa machine à écrire. Faroux me pria de répéter mon histoire. Je m'exécutai de bonne grâce. Lorsqu'ils auraient tous bien compris que je disais la vérité et que je ne saisissais pas mieux qu'eux à quoi rimait cet assassinat, auquel, d'ailleurs, je ne me trouvais mêlé que par une fâcheuse ressemblance vestimentaire, peut-être me rendraient-ils ma liberté et je pourrais enfin aller boire un verre. J'en éprouvais un besoin terrible et il était difficile à satisfaire en cet austère lieu policier où, à part l'eau des lavabos et les gueules d'enterrement, on ne trouvait rien d'autre pour se requinquer.

J'expliquai donc que je venais de Marseille où des affaires professionnelles m'avaient appelé. Un certain Robert Beaucher, industriel, m'avait sollicité de récupérer auprès d'une sirène qui s'y entendait en musique, justement, certaines lettres enflammées qu'elle menaçait à tout bout de champ d'adresser à la légitime du Beaucher en question. A l'accoutumée, Nestor Burma avait mené sa mission à bien.

Sans demander de détails, ce dont je lui sus gré, Faroux me laissa entendre qu'il se foutait de ce que j'étais allé faire à Marseille, d'autant plus que, me connaissant comme il me connaissait, il me savait parfaitement capable d'inventer le plus plausible boniment. Mais ce qui l'intéressait, mais alors là, hé !

attention... c'était cette histoire de moustache et de vêtements similaires.

— Vous comprenez, c'est une drôle d'affaire, fit-il, en guignant vers M. Belloir, lequel approuva tristement de la tête. S'il n'y avait pas cette saloperie d'insigne... Au fait, c'est la première fois que je vois un truc de ce genre... Et vous ?

— Moi aussi, dis-je.

— Je connais les signes distinctifs des S.S., des S.A., de trente-xis mille autres groupes de l'armée ou du parti, mais celui-ci m'est inconnu. Vous ne voyez pas ce que ça peut être ?

Je répondis non, mentant à moitié.

— Donc, poursuivit Faroux, sans cette croix gammée, vous seriez déjà chez vous. Mais j'aime autant tirer tout cela au clair pour ne pas avoir d'ennuis avec les Allemands... et je ne veux pas qu'ils me suspectent d'avoir négligé quelque témoignage que ce soit.

— Bien sûr.

— En outre, je ne peux envoyer promener cette madame... madame... euh...

Il compulsa des papiers douteux.

— ... Mme Flamant, sous prétexte que vous êtes détective et qu'elle n'est que commerçante. Nous ne pouvons plus nous payer le luxe de paraître partiaux. Or, cette personne apprécie sévèrement votre comportement. Bizarre et suspect, sont ses propres termes.

— Mme Flamant ? La femme de Jules, sans doute ?

— Exactement. Vous avez effectué une partie du voyage en sa compagnie et l'avez injuriée à propos du débarquement... J'ignore si vous étiez pour ou contre...

— Oh ! dites, ça ne va pas recommencer avec vous. J'étais contre les conversations oiseuses du Café du Commerce. Je leur ai dit, à elle, à son mari et à trois autres types, de changer de disque, que les gens bien élevés ne parlaient pas de la guerre...

— Les gens bien élevés ! soupira Faroux. Enfin... Après cette sortie, vous avez changé de compartiment... Arrivés ici, tout à l'heure, des voyageurs, et parmi eux M. et Mme Flamant, ont découvert le cadavre de Milan Kostich... Mme Flamant reconnaissait en lui l'individu si grossier de la veille, lorsque vous l'avez interpellée... D'abord, et d'une, que veniez-vous faire dans ce wagon ?

— J'allais sortir de la gare, lorsque j'ai croisé le chef de gare et deux flics. Ils avaient des têtes dramatiques. Professionnellement, cela m'a intéressé.

— Bon. Pourquoi, ayant une moustache au départ de Marseille, ne l'avez-vous plus à l'arrivée à Paris ?

J'expliquai le coup de l'espionne blonde.

— Bon, répéta Faroux.

Il me connaissait depuis assez longtemps pour savoir que là-dessus tout au moins je disais la vérité. Il me posa encore quelques autres questions. Avais-je remarqué mon sosie vestimentaire sur le quai, à Saint-Charles ? L'avais-je rencontré dans les couloirs ? Je répondis non et l'entretien prit fin. Je signai ma déposition, acceptai les excuses de Florimond Faroux qui, je le comprendrais, hein ? ne pouvait tout de même pas faire fi des inquiétudes de Mme Flamant, surtout que les Allemands, ah ! les Allemands ! (déchirants soupirs conjugués Faroux-Belloir), allaient venir fourrer leur nez dans l'affaire, empoignai mes bagages et décampai.

A la hauteur de la consigne, je croisai deux types vêtus de pardessus de loden, avec des chapeaux verts, rouges de peau et portant lunettes d'or. Sans avoir séjourné à Berlin, je suppose que les affranchis d'Alexanderplatz ne doivent pas exagérément blairer ce genre d'individus.

Je souhaitai du bon temps au commissaire Belloir.

CHAPITRE III

LA MORT DE NESTOR BURMA

Le bouton de cuivre de la porte brillait comme un sou neuf. Au-dessus de la sonnette, le nom d'Hélène Chatelain, découpé dans une carte de visite, s'encastrait plutôt inélégamment dans un cadre de fer destiné à recevoir un bristol intact. Un bruit de voix me parvint de l'intérieur. Une voix cassée, de vieillard. Je me dis que ma secrétaire allait fort. Puis j'entendis : « ... *notre Empire... grand malheur... armistice... défendrons...* », et cela me rassura. C'était la radio qui diffusait un message de Pétain sur les événements d'Alger. J'interrompis le laïus de nombreux coups de sonnette précipités. Hélène m'ouvrit.

— Bonjour, patron, fit-elle.

Elle sortait du lit. Il était onze heures passées.

— Quand le chat n'est pas là, les souris dansent, remarquai-je.

— Très original, lança-t-elle, moqueuse. Vous devriez voyager plus souvent. Ça meuble l'esprit.

— Il fait meilleur ici qu'à l'agence, hein ?

Elle me désigna un radiateur parabolique.

— Il n'y a pas ce genre d'ustensiles au bureauu. Mais...

Elle me saisit les bras, me fit pivoter, me plaça dans la

lumière jaune qu'un soleil anémique répandait dans la pièce.

— Oh ! chéri, minauda-t-elle. Vous avez écouté votre petite Hélène. Vous m'aimez donc si fort ?

— Cessez de débloquer. Donnez-moi à boire. J'ai une gueule de bois bien conditionnée.

Elle ouvrit un meuble, en tira une bouteille pas très pleine et un verre grand format.

— Cela va vous remettre, dit-elle. C'est de l'eau-de-vie rhumée.

Je bus. Un sourire éclairant son joli visage, ma secrétaire me contemplait.

— Voyons, dit-elle, vous êtes-vous battu avec un chat ou rasé la moustache ? Dans le second cas, ç'a dû être particulièrement douloureux.

— J'ai fait sauter mes bacchantes dans les lavabos du rapide, à la lueur d'une ampoule badigeonnée de bleu, parmi les cahots du train, et à l'aide d'une mauvaise lame...

— Pauvre chéri !

— Je ne me suis pas livré à cette dangereuse opération pour vous faire plaisir. J'avais simplement envie de coucher avec une espionne blonde. Les bacchantes étaient un obstacle à mes projets.

— Une espionne blonde ! Comme c'est passionnant ! Le voyage a dû être mouvementé ?

— Très. A l'arrivée à Paris, un macchabée meublait un wagon.

— Le contraire m'aurait étonnée. Qui est-ce ?

— Un nommé Milan Kostich. Un Serbe. Nous avons les mêmes fournisseurs.

Je le décrivis. Hélène cessa de jouer les petites folles. Ses yeux gris prirent une teinte métallique.

— Et vous croyez...

Je haussai les épaules.

— Oui... c'est idiot, mais c'est comme cela... Je ne

puis m'empêcher de penser que le Kostich a payé à ma place un billet de paradis, d'enfer ou de purgatoire, tout dépend du nombre de ses péchés...

Il y eut un silence. Je me levai, repris de l'eau-de-vie.

— Cela va faire un sérieux chabanais, dis-je. Le type est membre du parti nazi ou similaire... peut-être même d'une section secrète du N.S.D.A.P., et les Allemands vont s'agiter là-dessus, d'autant plus que le débarquement en Algérie doit plutôt les énerver...

— Au fait, ce débarquement, qu'est-ce que...

— Oh! ça va, m'insurgeai-je. Laissez tomber.

Je séchai son eau-de-vie, laissai la moitié de mes bagages chez elle, la plantai là, et rentrai chez moi réfléchir et roupiller. Roupiller, surtout.

Malgré tout, ce débarquement avait du bon. Il m'avait permis de percer à jour l'imposture de Robert Beaucher. Dire que j'avais donné dans le panneau, cru ses propos et ce que j'avais vu, et que, sur le témoignage de mes oreilles et de mes yeux, j'étais prêt à répandre et propager qu'il s'appelait Beaucher et qu'il était gros. Rien de plus faux. J'en avais la révélation à présent. Plutôt maigre, il se nommait véritablement Fred Astaire. En pleine action, devant moi, il rigolait comme un bossu de sa bonne farce et faisait des claquettes à en perdre le souffle. Et Ginger Rogers l'accompagnait. Ginger Rogers, ça c'est de la voiture! Elle tapait dur du talon, elle aussi. Et sur cette table de bois blanc, ça produisait un fameux vacarme. Moulée dans le maillot noir de Jackie Lamour, ses jambes et sa figure seules visibles, rien qu'à ses jambes je l'aurais reconnue, parce que c'est un chapitre sur lequel j'en connais un rayon. Et moi qui l'avais prise pour celle dont elle avait revêtu le costume! Ce doit être les restrictions qui vous faussent ainsi le jugement. Enfin, maintenant, j'allais pouvoir m'expliquer. Toutefois, il me fallait attendre qu'ils terminent leur numéro et ça menaçait d'être long. Ils martelaient cette table avec une joie frénétique. Cela faisait un boucan, mais un boucan! Et voilà que quelqu'un que je ne vois pas, le domine, ce boucan, et gueule : « Vous ouvrez, oui ou m...? » Alors, tout change. Les Anglais, je ne peux plus les sentir. Fred Astaire a dû raconter quelque chose de malsonnant sur mon compte à *Monocle* — c'est comme ça que je l'ai baptisée, depuis *Chercheuses d'or,* — et, du coup, j'ai déclaré la guerre à l'Angleterre, à l'Amérique, à tous les Anglo-Saxons. Je suis à Waterloo, aux côtés de Cambronne. Nous prenons la pâtée, mais à la française. La garde meurt ; elle ne se rend pas. Un poussif taxi de la Marne s'amène sur le champ de bataille. Le Maréchal Pétain en descend, rythmant sa marche avec sa canne, plus bruyant à lui seul que le couple voltigeant. Il me décore d'un insigne perforé de lettres gothiques et d'un svastika. Remue-ménage. Hitler salue cet événement d'un discours maison et bouscule les meubles. Là-dessus, réapparition des deux danseurs. Alors, il me prend une sourde envie de trahir le Führer, parce que ses hochets et ses phrases héroïques, comparés aux jambes de la star californienne, ça n'existe positivement pas. Soudain, tout tourne ; j'ai l'impression d'avoir levé le coude plus que de raison, et je me conseille fortement de gagner un abri. La D.C.A. donne que c'en est un bonheur, les sirènes hurlent et...

... On cognait à la porte tout simplement. Et pas de main morte. On devait même, de temps à autre, faire intervenir les souliers. Si ceux qui se livraient à ce tapage étaient aussi mal embouchés que Cambronne, ils me rappelaient Ginger Rogers que de très loin. Je m'en convainquis lorsque j'eus ouvert. Avec mes histoires de bonnes femmes, moi, je tombe toujours de haut.

— Nom de Dieu ! fit, en guise de salut, un des deux types, en pénétrant dans l'appartement. Vous avez le sommeil lourd.

— Preuve d'innocence, répliquai-je.

Il ricana :

— Ouais, ne criez pas avant que l'on vous pende... Le directeur voudrait vous voir, ajouta-t-il.

— Le directeur ? Le directeur de la P.J. ?

— Oui, M. Harvet.

— Bigre ! M. Harvet, hein ? Je croyais que c'était Florimond Faroux qui vous envoyait.

— Vous feriez mieux de vous habiller, s'impatienta le bourre. Nous avons suffisamment perdu de temps comme ça.

— Bon, dis-je. Florimond a préféré vous passer la corvée.

Ils ne répondirent pas. Leurs yeux inspectaient la pièce, inventoriant les objets à casser, lors d'une éventuelle perquisition. J'allai à la fenêtre, regarder dans la rue. La nuit montait. Une petite pluie fine tombait obliquement. Des passants assez nombreux se hâtaient. Je revins près du lit. Ma montre indiquait 5 h 30. Je ramassai mes vêtements, passai un pantalon et allai au cabinet de toilette m'asperger la figure d'eau froide. Consciencieux, les inspecteurs m'y suivirent.

— C'est sans doute à cause du train 108 ? dis-je, en m'épongeant.

— Le train 108 ?

Les mignons !

— Ça va, fis-je. J'espère que vous avez une bagnole.

*
**

Un quart d'heure plus tard, j'entrai dans un bureau du quai des Orfèvres, aux rideaux tirés sur le crépuscule et où on ne paraissait pas trop souffrir du manque de charbon. Derrière la table encombrée de paperasses, siégeaient M. Arthur Harvet, Benoît, un limier des Renseignements généraux, une espèce d'homme du monde à qui les deux premiers donnaient du chef gros comme le bras et qui devait être celui de la Sûreté, et, enfin, un éphèbe blond d'allure militaire sous son complet veston et un type à cigare, rouge de peau, vert de chapeau et doré de lunettes qu'il me semblait bien ne pas rencontrer pour la première fois. Un vrai tribunal !

— Asseyez-vous, monsieur Nestor Burma.

Lorsque j'eus déféré à son invitation, le directeur de la P.J. étala devant moi un dossier ouvert. C'étaient un tas de ragots me concernant, pieusement collectionnés par la rue des Saussaies, depuis ma première communion jusqu'à ma plus récente altercation avec mon propriétaire. Je parcourus tout cela en bourrant une pipe.

— Et alors ? questionnai-je, ensuite ?

— Et alors ? glapit Benoît, des Renseignements généraux. M'est avis que vous êtes un drôle de mec, Nestor Burma.

M. Arthur Harvet eut un geste agacé. Estimant que j'en avais assez vu pour savoir ce que parler voulait dire, il ferma le dossier.

— Nous avons un service à vous demander, fit-il. Il est de votre intérêt et de celui de la justice de ne pas nous le refuser... Pour des raisons particulières, nous jugeons inutile de révéler l'identité de l'homme qui a été assassiné dans le train 108. Pour les mêmes raisons, il ne nous déplairait pas que l'on crût à la mort d'un autre. Il se trouve que vous étiez son sosie... ou presque. Nous comptons sur votre... hum... compréhension (il loucha vers mon dossier) pour vouloir bien accepter de faire une retraite à la campagne... et passer pour mort...

Il sourit. Un sourire un peu gêné. Il me rappelait le commissaire spécial. Le trépassé serbe se doutait-il des tracas qu'il causait aux fonctionnaires de la police française ?

— Nous vous ferons des obsèques convenables, dignes du grand détective que vous êtes. Acceptez-vous ?

Il me faisait marrer, avec ses « nous ».

— Voyons, ricanai-je, ai-je le choix ?

Il haussa les épaules.

— Il aurait pu vous arriver pire que cette disparition momentanée.

— J'avais justement l'intention de prendre des vacances.

— Cela tombe à souhait. Où irez-vous ?

— Certains hôtels de Fontainebleau sont chauffés.

— Oui, *l'Aigle noir,* entre autres.

— Va pour *L'Aigle noir.* Mais... hum... si j'avais quelques difficultés...

Je frottai significativement les doigts.

— Financières ? C'est prévu.

— Alors, parfait.

J'allais me lever. Mon interlocuteur m'arrêta d'un signe. L'éphèbe blond se mit alors à parler en allemand au type en chapeau vert. L'autre écouta silencieusement, se bornant à de furtifs hochements de tête. La traduction de l'entretien terminée, il dirigea vers moi l'éclat froid de ses yeux pâles.

— Vous n'aurez pas à regretter, fit-il, lentement.

Je le fis au bon citoyen.

— C'est mon devoir d'aider aveuglément la justice, déclarai-je, en rigolant doucement « in petto ».

— *Dank.*

Le chef de la Sûreté, jusque-là muet comme une carpe, s'en autorisa pour parler de Fontainebleau.

— On passera vous prendre chez vous demain matin à la première heure. Vous gagnerez Fontainebleau en voiture.

Je les remerciai en bloc de leur amabilité et quittai la pièce. Dans le couloir, je me heurtai à Faroux. Il ne pouvait m'éviter, quoiqu'il eût payé gros pour ce faire.

— N'ayez pas peur des fantômes, plaisantai-je. Tel que vous me voyez, je suis mort.

Il balaya le couloir désert de regards inquiets.

— Faites pas le ballot, chuchota-t-il. Laissez le Dynamite Burma de la légende en veilleuse et tenez-vous peinard. Vous risqueriez d'aller occuper pour de bon le cercueil vide qui partira demain de chez vous.

Je regagnai mes pénates avec le sentiment très net qu'à son habitude le petit Nestor s'était fourré dans un imbroglio pas ordinaire.

A force de réfléchir, diverses craintes m'envahissaient. A ce moment, le téléphone stridula.

— Allô, dis-je.

A l'autre bout du fil, on raccrocha.

« Tiens, tiens, songeai-je. Ils veulent s'assurer que je suis bien chez moi. »

Je bourrai une pipe. De nouveau, la sonnerie retentit. Je saisis le combiné.

— Allô !

Avec aussi peu de discrétion que précédemment, on raccrocha. J'en fis autant.

— Brave Florimond, murmurai-je.

Ma montre indiquait 11 heures 30. J'empochai les quatre paquets de gris constituant ma provision pétunistique, inspectai rapidement les lieux pour n'y rien laisser de compromettant, mis mon chapeau et mon trench-coat, et déguerpis. Entre-temps, le téléphone s'était agité une nouvelle fois, mais je l'avais laissé faire.

Dehors régnait un sale temps. Il pleuvait. La rue était déserte et froide. Nulle part je ne découvris d'ombre suspecte, moralement pourvue de chapeau melon. Je hâtai le pas. Soudain, un bruit d'automobile m'incita à me dissimuler dans l'encoignure d'une porte. La voiture passa devant moi, soulevant des gerbes d'eau boueuse. Elle stoppa devant mon domicile. Un certain nombre d'individus en descendirent. Des bottes raclèrent le trottoir. Des torches électriques fusèrent. Le rayon de l'une d'elles accrocha le canon luisant d'une mitraillette.

J'étais assez loin dans une rue voisine que j'entendais encore ces visiteurs nocturnes cogner contre la porte et injurier le concierge.

CHAPITRE IV

EN PLEINE MACEDOINE

C'était la nuit des surprises. Faroux en eut sa part lorsque, rentrant chez lui à plus de minuit passé, il m'aperçut, du tournant de l'escalier, paisiblement installé sur son paillasson, à l'attendre. Ma vue manqua faire perdre l'équilibre à son chapeau marron.

— Eh bien, vrai ! s'étrangla-t-il. Vous avez du culot !
— Faites moins de bruit, lui conseillai-je. Toute la maison roupille. Ce n'est pas à un commissaire de faire du tapage nocturne.

Il grogna que, commissaire, il ne le resterait pas longtemps, s'il continuait à avoir un faible pour moi, répéta encore deux ou trois fois que j'avais du culot, parvint, malgré son indignation, à trouver la serrure, ouvrit la porte et je le suivis dans son appartement. Il brancha un radiateur électrique près duquel je pris place. Mes vêtements mouillés se mirent à fumer. Florimond Faroux allait et venait dans la pièce, taciturne.

— Ne faites donc pas cette tête, dis-je. Après vos avertissements téléphoniques muets, où vouliez-vous que j'aille me planquer ? J'avais deux raisons de venir ici. D'abord parce que ce n'est pas chez un flic qu'on soupçonnera que j'ai cherché refuge, ensuite parce que vous êtes le seul à pouvoir me fournir quelques tuyaux...

Je suppose que la combine imaginée par votre supérieur, de me laisser faire le mort tout seul dans un coin de banlieue, n'a pas été du goût, réflexion faite, de Rote-Kartoffel...

— Rote-Kartoffel ?

— Ça veut dire : pomme de terre rouge, et c'est ainsi que j'appelle l'homme au chapeau vert. Quel est ce type ? Un flic allemand, sans doute ?

— Oui. Un certain Otto Schirach.

— Il s'est ravisé, après notre entrevue, et a dû songer qu'à la Santé ou à Fresnes je serais moins tenté d'avoir des initiatives. Vous avez appris ses projets et... Vous savez, vous m'avez alerté vraiment à moins cinq... Et maintenant, poursuivis-je, après un silence employé à bourrer soigneusement une pipe, pourriez-vous me dire sur la queue de quel serpent j'ai involontairement mis le pied ?

— Rien de plus facile. J'en sais long sur l'affaire. C'est mon devoir. Parce que, quoique la police française en soit dessaisie, je vais continuer à m'en occuper... officieusement...

Le ton avec lequel il envoya cet adverbe valait le voyage. D'autant plus que l'ami Faroux l'agrémenta d'un de ces coups d'œil complices de derrière les fagots, exactement du genre de celui dont m'avait gratifié un jour, au *Café de Flore,* un endroit où ce ne sont pas les cinglés qui manquent, un mec chevelu en me faisant admirer un poème maison dans lequel, paraît-il, les Allemands en prenaient un sérieux coup, encore que ce ne fût pas particulièrement visible à la première lecture.

Le « vous avez compris de quoi il retourne » oculaire dûment balancé, le commissaire enchaîna :

— A cet effet, j'ai recueilli le plus de renseignements possible. Primo, le macchabée ne s'appelle pas Kostich. Son vrai nom est Sdenko Matitch...

— Ça ne vaut guère mieux.

— Et il est croate.

— Croate ? Sale coup pour votre copain de la gare de Lyon, hein ? Lui qui avait déjà du mal à digérer le Serbe. Croate, ça va l'achever.

Florimond Faroux haussa les épaules d'impatience.

— J'ai encore appris que ce Matitch, et c'est ce qui motive l'agitation dans les milieux allemands, a été l'agent d'un service secret nazi, se superposant à la Gestapo, quelque chose comme un service secret personnel de Hitler.

— J'avais flairé un truc de ce genre, dis-je. L'insigne trouvé sur le cadavre est celui de cette organisation, hein ?

— Oui. Mais Matitch n'en faisait plus partie. Il y a eu un micmac, voici quelques années. J'ai cru comprendre que notre homme, spécialisé dans les questions pétrolières...

— Hmu... Mauvais, cela !... Ça prend facilement feu... On l'a brûlé ?

— Il a rompu de lui-même, et, depuis, la Gestapo, ou assimilé, le recherchait pour lui parler du pays.

— Ce n'est cependant pas la Gestapo qui l'a nettoyé ?

— Non, et voilà l'aspect comique de la chose : au lieu de se réjouir de ce qu'un autre ait exécuté le lâcheur à leur place, les Allemands ne semblent pas trouver cela à leur goût.

— Question de vanité professionnelle, suggérai-je. Ils auraient préféré effectuer le boulot eux-mêmes.

— Peut-être. Toujours est-il que ce qu'ils aimeraient, maintenant, c'est savoir pourquoi et par qui Sdenko Matitch... Bon Dieu, quel nom !... a été lessivé. Et en laissant supposer à l'assassin qu'il s'est trompé de gibier, ils veulent l'amener à se découvrir. C'est pourquoi la mort de Nestor Burma va être annoncée à grand tralala. Je viens du *Matin*. Votre nécrologie tient deux colonnes. Elle est gratinée.

— Celle dont se fendra notre ami Marc Covet, au

Crépuscule, l'enterrera, si j'ose dire. Qu'est-ce qu'il va se payer comme vacheries personnelles... Mais, remarquai-je, redevenant sérieux, sans toutefois penser entièrement ce que je disais, mais l'assassin ne sera pas dupe. Il doit bien savoir qui il a tué !

— Evidemment, concéda Faroux. D'autant mieux qu'il s'est emparé du bagage du Croate.

— Ah ! on lui a pris son bagage ?

— Oui... à moins qu'il ait voyagé sans, ce qui est encore possible... Quoi qu'il en soit, *Herr* Otto Schirach et Cie ont l'air de se moquer de ces détails. Ils pensent que la substitution d'identité de la victime est une bonne astuce et que le meurtrier commettra un impair.

— J'avais une plus haute opinion de l'esprit germanique, soupirai-je. Encore une illusion qui fout le camp. Vous parlez d'une drôle de salade... Enfin... Ça va les gêner un peu, de me sentir libre ?

— Assez. Aussi je vous conseille la prudence.

— C'est pourquoi je suis venu chez vous, je vous le répète, Florimond, quoique vous n'ayez pas grand-chose pour la gorge, dans votre casbah, et que vous soyez moins agréable à contempler qu'Hélène, par exemple, chez qui j'aurais pu me réfugier... A propos, croyez-vous qu'en sa qualité de secrétaire du détective en fuite elle ait des ennuis ? Je n'aimerais pas ça...

— Je ne crois pas. Nous n'avons pas été prolixes de renseignements sur votre agence.

— Bon sang, si l'occupation dure encore dix piges, les flics finiront par se faire aimer !

— Mais je ne vous conseille pas d'aller voir Mlle Chatelain, poursuivit Faroux, négligeant le sarcasme. On ne sait jamais... Et si vous avez une banque, ne vous y présentez pas non plus. Ce sont généralement des endroits qu'on surveille...

— Je n'ai besoin ni d'Hélène ni de la banque. Le

client de Marseille m'a pourvu de numéraire pour plusieurs semaines.

— Eh bien ! tant mieux ! ne put s'empêcher de laisser échapper le policier, soulagé de couper à un emprunt.

— Reparlons de Sdenko Matitch, dis-je. Quels sont les tuyaux techniques ?

— Il a pris trois pêches de 7,65 en plein buffet, alors qu'il était assis. Il n'y a pas eu lutte. L'assassin devait lui faire face... et le connaître.

— Ah ! oui ?

— Oui. Cela vous étonne ?

— Non. Continuez.

— Les voisins immédiats n'ont entendu aucune détonation.

— Un silencieux, hein ?

— Sans doute. Le crime a eu lieu dans la nuit. Je ne me souviens plus entre quelle heure et quelle heure le médecin légiste le situe approximativement, mais il a dû être perpétré après le passage de la ligne.

— Evidemment. Sans cela, ce n'est pas à Paris qu'on aurait découvert le pot aux roses. A-t-on des renseignements sur les compagnons de voyage du Croate ?

— Aucun. L'assassin, son coup fait, a dû changer de wagon et ne pas être le dernier à filer vers la sortie, une fois à destination.

— Croyez-vous qu'il soit descendu à Paris ?

— A Paris, ou ailleurs, nous n'en savons rien. C'est aux Allemands de se débrouiller.

— Mais ce drame excite aussi la curiosité de la police française ?

— Au plus haut point. Nous aimerions savoir pourquoi les occupants s'intéressent tant à ce type de la mort de qui ils devraient se féliciter. Et comme Matitch venait de Marseille, je vais aller respirer l'air de cette ville.

— J'ai également envie de faire un petit tour en zone nono, déclarai-je. Je serai plus tranquille, là-bas. Ici, on va me mener la vie dure, et rester terré, inactif, n'est pas mon fort. Nestor Burma a besoin de mouvement. Seulement, il y a la ligne à passer, et j'ai comme une idée que mon nom doit devenir populaire dans le cordon de surveillance. Il me faudrait de faux papiers. En tant que flic, vous êtes plus qualifié que quiconque pour me procurer ces pièces... Ecoutez, ajoutai-je pour le décider — parce que ce genre de propositions, sa moustache me l'indiquait, ça lui souriait comme la guillotine à un condamné à mort —, écoutez avec un auxiliaire de mon acabit, la clé de l'énigme est dans la poche. Vous me connaissez. (Ses lèvres retinrent un « hélas ! » que l'œil avoua.) Mais je vais vous fournir illico une preuve supplémentaire de mon savoir-faire. C'est au sujet de l'insigne trouvé sur le cadavre. Sans l'avoir jamais vu auparavant, j'ai su tout de suite que c'était l'insigne d'un service secret quelconque. Au passage de la ligne, Matitch s'est vanté d'être un policier nazi auprès de l'officier contrôleur.

— Comment savez-vous cela ? aboya Faroux, soudain étrangement soupçonneux.

— Notre ressemblance vestimentaire et physique — à ce moment, je portais encore la moustache —, arracha à l'officier en question cette phrase rigolarde : *Polizisten sind alle brüder.* Entendez-vous l'allemand ?

— Fichtre non, cracha-t-il, offensé.

Il était marrant.

— Cela signifie : « Tous ces policiers sont frères. » Sur le moment, je n'ai pas compris. Mais, à la gare, ce matin, tout devint clair.

Les sourcils de Faroux se froncèrent. Il garda le silence, puis grogna, insatisfait :

— Ouais. Cela, c'est une explication. Burma...

Et il entreprit de me faire comprendre que j'avais tort de le croire abonné au *Petit Parisien*. Je ne sais pas ce qu'il avait après les lecteurs de ce canard, mais il les considérait vraiment mal. Je protestai de ma bonne foi. Alors, il me saoula de balivernes, regrettant visiblement de m'en avoir tant dit.

A 5 heures, levée du couvre-feu, je le quittai. Il m'était venu un tas d'idées, à propos de Sdenko Matitch, mais, puisque Florimond se montrait si peu serviable, il n'avait pas besoin de les connaître.

Dans la brume matinale, je me gelai suffisamment pour apprécier à sa juste valeur le voyage en métro que je fis ensuite lorsque ce moyen de transport fonctionna. Dans le souterrain tiède, je lus à peu près tous les quotidiens. Roosevelt et moi tenions la vedette, avec un léger avantage pour bibi que personne ne traitait de canaille félone. Le grand détective par-ci, le grand détective par-là, ceux qui étaient en train de me rechercher pour me fourrer dans un ergastule faisaient bien les choses. Ils y tâtaient, en nécrologies ! Chaque journal publiait ma binette, une photo agrémentée de solides bacchantes par les retoucheurs de la Gestapo et, là-dessus, j'étais plus Sdenko Matitch que nature. Une vraie tête d'Oustachi pour couverture de roman-feuilleton :

LE CELEBRE DETECTIVE PRIVE
NESTOR BURMA
l'homme qui avait mis le mystère knock-out
A ETE LACHEMENT ASSASSINE

larmoyaient sur commande les stylographes au garde-à-vous. Cet épouvantable malheur était dû aux apaches, aux gaullistes, à l'Intelligence Service, à la Synarchie, au choix. Rien ne vaut la diversité d'interprétation pour conférer la vraisemblance à un fait donné.

Après avoir bien rigolé, je m'en fus rendre visite à un

maquilleur de cinéma que j'avais connu quand je faisais de la figuration. Boris n'avait pas encore lu les journaux. Je lui appris que j'étais mort et ça ne paraissait pas une blague, tellement j'avais sommeil. Le Russe fut aux anges lorsque je lui demandai de m'arranger un peu la physionomie. Il me posa beaucoup de questions que j'éludai, et s'acquitta fort bien de sa tâche, sans avoir recours aux postiches ; ce n'était pas le moment de ressembler aux photos publiées par la presse. Pour sa peine et prix de son silence, je lui colloquai un billet de mille. Comme une bande de papier collant transparent en réunissait les deux parties, Boris l'examina attentivement, des fois que les numéros ne concordassent point, et baragouina qu'avec ces billets coupés comme ça, aux ciseaux, fallait se méfier, et il se mit à ressortir l'histoire bien connue du billet de banque fabriqué avec les fines lamelles prélevées sur cent, deux cents ou mille — ça varie à chaque édition —, autres billets. Ce que c'est que l'âme slave, tout de même !

En quittant Boris, je songeai que cette affaire prenait d'indiscutables allures de S.D.N. Un Croate, des Allemands, un Russe. Il manquait un Polonais. Marc Covet, qui buvait comme un trou, pouvait constituer un excellent ersatz de cette nationalité. Je m'en fus chez lui.

La radio venait juste d'apprendre ma mort tragique au journaliste, lorsque je lui apparus. Il lui fallut vider un bon demi-litre de blanc pour se remettre les esprits en place. Il ne lui était encore jamais arrivé de recevoir des fantômes à domicile. D'autre part, tous les prétextes lui étaient bons pour s'ivrogner.

En vertu de ce principe, Marc Covet pratiquait une hospitalité humide.

— Un des bons côtés de l'occupation, dis-je, reposant mon verre, c'est que des journalistes comme vous, qui ne sont pas cent pour cent collaborationnistes, ont tout juste le droit, et encore, de relater la perte d'un dentier ou disserter à perte de vue de l'influence des vents alizés sur la forme des bigoudis des dames de la cour de Louis XV. On peut donc, sans craindre que vous en fassiez d'intempestives tartines, venir vous entretenir de choses que je me serais bien gardé d'aborder avec vous avant-guerre.

— Et toute cette éloquence pour aboutir à quoi, joli défunt ? émit le reporter, ses yeux aqueux de plus en plus vagues.

— A ma mort, justement. Savez-vous pourquoi elle m'a frappé ? Pourquoi, ce matin même, un cercueil, supposé contenir ma dépouille, quittera l'Institut médico-légal ? Pourquoi vous signerez, ce soir, un article nécrologique dont vous trouverez le texte, à quelques virgules près, complet sur votre bureau du journal ?

— Bon Dieu, non, je n'en sais rien. Mais puisque vous êtes là, il y a peut-être de l'espoir ?

— Oui. Ecoutez bien. C'est un truc qui va vous attrister, parce que vous ne pourrez rien en faire, tandis qu'avant-guerre, avec tous ces éléments...

Et je le mis au courant de l'affaire. Il jura et, au risque de ne rien laisser dans la bouteille, se servit largement.

— Maintenant, poursuivis-je, ne débranchez pas. Je ne sais pourquoi, vous m'êtes plutôt sympathique, aujourd'hui. C'est peut-être votre pousse-au-crime qui en est cause, et aussi le fait que m'héberger relève du recel de malfaiteur. Bref, je vais vous faire juge de certaines idées qui me sont venues à l'esprit et dont je n'ai pas pipé à Faroux... Laissez-moi tout d'abord vous toucher deux mots de ma récente activité professionnelle. Tel que vous me voyez, je débarque de Marseille, moi aussi, comme Sdenko Matitch, mais en meilleur état. J'étais allé là-bas à la requête d'un certain M. Robert Beaucher, industriel, marié, père de famille, pour vous le décrire d'un bloc sous tous ses aspects. J'ajouterai qu'il est gros, que je n'ai vu ni son enfant ni sa femme, et qu'il me donne l'impression d'être ce qu'on appelle communément sur le littoral : un fada. Voici ce qu'il attendait de moi : une danseuse de boîte de nuit, Jackie Lamour... vous ne la connaîtriez pas, par hasard ?

— Hélas, non ! C'est regrettable, parce qu'avec un nom aussi prometteur...

— Oui ? Eh bien, ne vous y fiez pas. C'est Jackie la Teigne qu'on aurait dû la baptiser. Cette Jackie Lamour s'était juré d'entretenir les cordes vocales de notre industriel en parfait état de fonctionnement. Il avait été son amant, bien entendu, et, longtemps après les dernières étreintes, il en connaissait encore le prix. C'est le genre de fille qui se donne à tempérament si j'ose dire. Il reste toujours des traites impayées. Il lui avait adressé, lors des travaux d'approche, exactement dix-sept lettres brûlantes de passion, comme on dit dans les romans pour midinettes, lettres qu'il estimait diantrement compromettantes, et la destinatrice devait partager cet avis, à en juger par l'usage qu'elle en faisait, mais, moi, qui les ai lues, je les trouve surtout ridicules... et, évidemment, dans ce sens, elles sont tout autant compromettantes. J'en ai, moi aussi, comme chacun, écrit deux ou trois de cette encre et la plus sale blague qu'on puisse me faire serait de les livrer à la publicité. Il lâchait le sac pour récupérer ces bafouilles et son choix s'était porté sur moi. La danseuse demeure dans la banlieue de Marseille, vers le cap Croisette, une villa sur le bord de la mer où elle vit seule avec un domestique nommé Joseph, comme tous les larbins. Les lettres étaient là. A peu de choses près, Robert Beaucher en connaissait l'emplacement exact et il aurait très aisément pu s'en emparer lui-même sans faire les frais d'un détective privé, qu'il promouvait au rôle de cambrioleur, d'ailleurs, mais, je vous l'ai dit, c'est un fada. Dès notre première entrevue, il reconnut franchement pouvoir agir lui-même, mais n'y point tenir. Il m'avoua en rigolant, — parce que, ce jour-là, il rigolait beaucoup, si, plus tard, il fut plutôt sombre —, il m'avoua en rigolant que le piquant de la farce serait, une fois en possession des lettres, d'entendre sa persécutrice le menacer, alors qu'il la saurait désarmée. Je devais agir très discrètement et comme il était improbable qu'elle s'assurât sans cesse de la présence des lettres, il s'écoulerait quelques jours avant qu'elle s'aperçût de leur disparition. Malgré leur lutte sournoise, ils étaient en relations constantes. Il se promettait un bon sang de tonnerre de Dieu pendant ces quelques jours et il estimait que payer trente sacs cette Quintonine supérieure, c'était donné.

— Trente mille balles?
— Oui.
— Eh bien, mon vieux! (1)
— Comme vous dites... Il m'indiqua la villa, les heures auxquelles je pourrais m'y rendre sans risquer d'interrompre un repas de première communion, les endroits où il me faudrait plus particulièrement chercher pour ne pas faire chou blanc, et me procura un jeu de fausses clés destinées à me faciliter l'accès dans la baraque. Je dois dire que cette dernière attention, je ne l'ai jamais constatée dans aucune affaire. Mais, dans notre métier, nous ne sommes pas à une bizarrerie près de la part de nos clients. Je n'étais pas venu de Paris pour refuser des propositions fort lucratives sous prétexte que celui qui me les faisait paraissait plus dingue

(1) Rappelons que cette histoire se passe en 1942. Trente mille francs, à l'époque, était une somme considérable. D'où l'exclamation admirative de Marc Covet.

qu'il n'est permis. J'acceptai la combine et menai ma mission à bien... enfin... euh... relativement...

Je narrai à Marc Covet la séance de pancrace nocturne dont la chambre de Jackie avait été le théâtre et tout ce qui s'était ensuivi.

— Le sort vous en réserve toujours d'aussi coquettes, observa-t-il. Je ne suppose toutefois pas que ce soit pour m'épater que vous me racontez cela. J'en ai vu d'autres, et en votre compagnie qui plus est... Je ne saisis pas très nettement le rapport que vous établissez entre Robert Beaucher, qui m'a plutôt l'air d'un... débauché, ses relations suspectes, ses amourettes qui lui retombent sur le bec, ses combines à la noix, et le Machin Machique. Je veux dire le Croate assassiné... mais c'est peut-être parce que je n'en suis qu'à mon premier litre... car il doit exister un rapport, n'est-ce pas?

— A vrai dire, je n'en sais rien... Mais des détails curieux méritent attention.

— Lesquels?

— J'ai d'abord songé à une confusion de victime. Les balles qui ont expédié Sdenko Matitch au paradis des agents secrets m'étaient destinées, Robert Beaucher, parce que j'avais pris connaissance de ses élucubrations, ce dont il avait conçu quelque chagrin, encore que la lecture des lettres soit nécessaire pour éviter une erreur, m'aurait dépêché un tueur quelconque. Mais n'est-ce pas accorder trop d'importance, soit au déséquilibre mental de mon client, soit aux lettres elles-mêmes, de la lecture desquelles, leur bêtise mise à part, il ne ressort rien que de très banal? Toutefois, une particularité... C'est à propos du Croate... Vous souvenez-vous du nom de cet autre Croate, le terroriste qui abattit Alexandre Karageorgevitch?

— Kalemen.

— Son prénom?... Je le sais, mais deux témoignages valent mieux qu'un.

— Son prénom ? Attendez... euh...

Marc Covet se versa à boire. Le résultat fut immédiat :

— Pétrus.

— Pétrus, hein ? Eh bien, ça ne veut peut-être rien signifier, je suis victime de mon imagination, mais les bafouilles en question sont signées *Petr*. J'avais sur le moment, rectifié en Peter. Mais je me souviens bien, à présent. C'était *Petr*. et pas autre chose... Avec l'aide de notre vin blanc, récapitulons : le *Croate Petrus* Kalemen attente, en 1934, à *Marseille*, à la vie de son roi bien-aimé. Le *Croate* Sendko Matitch, dont on peut dire que je suis le sosie quand j'ai la moustache, est assassiné en 1942, à l'époque où je récupère à *Marseille* des lettres signées *Petr*. En outre, la détentrice des lettres est une drôle d'enfant de Marie qui présente au bras une trace d'ancienne blessure par revolver. Elle n'a écopé cela ni à la guerre, ni en répétant le lambeth-walk. Tout cela peut donner à penser.

— Tu parles ! s'excita Covet.

Il se voyait déjà rédigeant toute la vérité, rien que la vérité sur l'attentat de Marseille, dont certains points étaient restés obscurs.

— Et les lettres elles-mêmes ? demanda-t-il, soudain. Rien de suspect ?

— Pas apparemment. Amour à toutes les lignes. De la cornichonnerie en bâton. Le bafouillage habituel, avec passages... pour adultes, d'un adolescent que le printemps travaille. Adresser une pareille prose à quelqu'un du gabarit de Jackie Lamour est révélateur d'un psychisme ébranlé. A sa lecture, la danseuse a dû se tordre.

— Il ne serait peut-être pas inutile de les réexaminer de près, suggéra le reporter qui, depuis qu'il me fréquentait, avait appris à ne rien négliger.

— Un peu difficile pour le moment, dis-je.

Il y eut, non un silence, parce que le liquide tombant dans le gosier, cela fait du bruit, mais arrêt momentané d'émission de paroles. Nos verres vides :

— Vos projets ? s'enquit mon ami.

— Ne pas me casser la tête et aller poser quelques questions précises à Robert Beaucher. Ça rapportera ce que ça rapportera, m'engagera sur une piste ou consacrera mon délire d'affabulation, mais c'est préférable à toutes les constructions de l'esprit. De toute façon, j'avais l'intention de gagner la zone nono. Ici, les Allemands vont me talonner.

— Zone nono ? ricana Covet. Zone nono ?... Vous croyez à la pérennité de cette discrimination ?... Vous vous imaginez que Hitler va laisser ses ennemis s'ébattre en liberté sur le rivage d'en face et rester lui-même à quatre cents kilomètres de celui qui risque d'être attaqué ? Si vous espérez fuir les Allemands en filant dans le Midi, vos facultés sont bougrement amoindries, à vous aussi, et vous feriez pas mal de bouffer des lentilles. Dans les salles de rédaction, nous attendons d'un instant à l'autre que la Wehrmacht franchisse la ligne de démarcation... Gaffez ça ! (Il produisit un *Ausweis* tout neuf.) Fin prêts pour nous permettre d'aller assister au défilé des troupes sur la Canebière.

— Je me doute bien qu'ils ne vont pas tarder à aller tremper leurs petites bottes dans la Méditerranée, répliquai-je, en type qui n'est tout de même pas complètement bouché en matière de stratégie et de politique. Mais cela change quoi à ma détermination ? Lorsque les Allemands occuperont partout, le danger sera pour moi le même ici ou là-bas, et là-bas j'aurai au moins la possibilité de savoir si le type qui a fait un carton sur Sdenko Matitch s'est gourré ou non de cible. En admettant que Robert Beaucher m'ait dépêché un nervi maladroit, je vous garantis qu'il y aura du sport.

— J'espère y assister.

— Et comment donc, mon vieux Marc ! A partir de maintenant, nous ne nous lâchons plus. Vous allez me procurer une identité de journaliste et...

Je n'ai jamais vu quelqu'un se débattre comme le fit Marc Covet. Il en oubliait de boire. Des faux papiers ? Des faux papiers ? Et pour passer la ligne en sa compagnie, qui plus était ? Oh, non, non, c'était absolument impossible, absol... A moins que... mais... (il s'en jeta un derrière la cravate. L'espoir renaissait)... qu'avais-je besoin de faux papiers ? Je pouvais passer sans cela. Frédéric Delan n'avait pas été mis au monde pour les chiens.

Depuis une bonne heure, nous parlions trop de dérangement cérébral. Il était inévitable que fût, à un moment ou à un autre, prononcé le nom de notre ami commun Fred Delan. Fred Delan était ce médecin psychiatre que j'avais aidé, jadis, et qui avait collaboré, ensuite, à quelques-unes de mes enquêtes. Un type très serviable, mais que j'avais perdu de vue peu de temps avant la guerre. Il semblait que Covet eût conservé des contacts avec lui.

— Il dirige à Ferdières, en Saône-et-Loire, m'expliqua-t-il, en bordure de la fameuse ligne, une clinique psychiatrique privée. Il y a là-dedans de vrais cinglés, dont Delan sans doute, et des types qui ne le sont pas. Ce sont des candidats à la fuite en zone nono. Delan est à la tête d'une organisation de passeurs et je crois bien que c'est de là qu'il tire le plus clair de ses revenus.

— Eh bien ! m'écriai-je, ça m'a tout l'air d'être l'homme qu'il me faut, vous ne trouvez pas ?

— Oh ! que si, lâcha le journaliste, avec soulagement.

— Je crois pouvoir encore, continuai-je, me promener en chemin de fer sans trop attirer l'attention. Tant que je ne tombe pas sur des Allemands, et encore des Allemands d'une certaine catégorie, je n'ai à peu près rien à craindre. Je vais le plus rapidement possible prendre le train pour ce bled que vous me dites : Ferdières... Seulement, comme je n'ai pas de fiche d'admission et que je me soucie peu d'aller faire la queue à la gare pour, peut-être, ne rien récolter du tout, je vais vous mettre à contribution et j'espère que vous n'allez pas *encore* me refuser ce service. Les journaux disposent de quelques places dans chaque train, hein ? Procurez-m'en une.

— Je peux faire cela, acquiesça-t-il.

— Parfait. En attendant, je vais m'installer ici et vous charger d'une commission. Vous essayerez de joindre Hélène et la tranquilliserez sur mon sort.

— O.K., fit Marc, à qui le débarquement en Afrique n'allait pas tarder à donner l'accent anglais, s'il n'y prenait garde.

CHAPITRE V

LES NUITS DE L'ASILE

Un train plutôt poussif me déposa à Ferdières alors que la pendule de la gare marquait 3 heures 30. L'air était vif, mais le temps se maintenait au beau.

Marc Covet m'avait nanti de toutes les instructions nécessaires pour que je trouve la clinique de Fred Delan sans avoir à demander mon chemin. Je ne m'attardai pas dans la ville et, la pipe au bec et les mains dans les poches de mon imperméable, car, bien entendu, je ne m'encombrais pas de bagages, je me dirigeai d'un air détaché vers la campagne.

La clinique était située hors la ville, à environ un kilomètre de la dernière habitation, sans voisin immédiat, construite assez en retrait de la route nationale, à laquelle la reliait un chemin, large et creusé d'ornières.

C'était une maison de trois étages, d'allure prétentieuse, en dépit du sérieux coup de ravalement que réclamait sa façade. Un minuscule espace, aisément franchissable en deux enjambées, la séparait du chemin. De hauts murs l'entouraient, par-dessus la crête desquels apparaissaient les arbres dénudés du parc assez important qui s'étendait derrière la bâtisse.

Un portail sévère, aux barreaux réunis par des plaques de fer, pour prévenir toute indiscrétion, défendait l'entrée du lieu. A droite, le long d'un pilier massif, pendait la poignée d'une cloche et, juste à sa hauteur, une plaque de marbre noir portait la mention : CLINIQUE PSYCHIATRIQUE DU DOCTEUR FREDERIC DELAN. Certaines lettres étaient dédorées.

Je tirai sur la cloche. A son vacarme, quelqu'un accourut ouvrir aussitôt, un individu avec une calotte sur le sommet du crâne, un tablier sale autour des reins et la dégaine et le faciès du pugiliste expulsé de toutes les fédérations de boxe pour irrégularités et coups bas. Certainement le type chargé de faire régner l'ordre au pavillon des agités, si cette catégorie existait dans cette baraque, ce dont je doutais à en juger par le calme impressionnant qui l'enveloppait. Je dis m'appeler Martin, que je désirais voir le docteur, ajoutant que j'étais plus ou moins attendu, s'il n'y avait pas eu de micmac dans la transmission du courrier. Dès ma décision prise, en effet, après ma conversation avec Covet j'avais écrit, et sous le nom de Martin, un pseudonyme dont j'usais parfois et connu du docteur.

Le gorille me fit pénétrer dans une pièce qui pouvait passer pour un salon d'attente et, selon son expression, « alla voir ». Il revint peu après, me priant de le suivre, et m'introduisit dans un bureau aux murs tapissés de livres et de tableaux et au milieu duquel Frédéric Delan trônait sur un fauteuil. A ma vue, le toubib cilla légèrement puis, sur cette courte hésitation, me tendit la main. Je la serrai cordialement.

A ce moment, remplaçant avantageusement le boxeur qui s'était débiné, entra dans la pièce une blondinette en blouse blanche qui, en plus de ses appas naturels déjà appréciables, avait à mes yeux une particularité décuplant son sex-appeal. Elle portait un plateau sur lequel voisinaient une bouteille à l'étiquette frappée de trois étoiles et deux verres grande capacité. Je reconnus à ce détail que mon pseudonyme disait encore quelque chose au toubib, que ce dernier pratiquait une hospitalité de bon aloi, ou que, puisque l'alcool rend fou, à ce qu'on raconte, il essayait, par ce moyen, de s'assurer la plus nombreuse clientèle possible. Quoi qu'il en fût, ça me plut, comme entrée en matière, d'autant plus que mon voyage m'avait altéré.

La blondinette déposa son bazar sur un coin du bureau, déboucha la bouteille et se retira. Delan commença à emplir les verres. Pendant la délicate opération, je l'examinai. A part sa calvitie, qui s'était accentuée et lui conférait un air des plus distingués, il n'avait guère changé, depuis le temps que nous ne nous étions vus. Il arborait son habituelle face hilare de type un tantinet timbré, mais, à un psychiatre, ça ne messied pas.

— Dites donc, fit-il en me tendant un verre, il me semble que votre physionomie a subi quelques transformations. Au premier abord, je ne vous reconnaissais pas.

— J'ai remarqué, docteur. Et vous ne pouvez savoir combien votre hésitation m'a été agréable. C'est un hommage rendu à celui qui m'a maquillé. Vraiment, ça me change ?

— Très. En tout cas, s'esclaffa-t-il, vous n'avez plus rien de commun avec vos photos. Je parle de celles que publie la presse.

— Ah ! vous savez ?

— Oui. Et je venais à peine d'apprendre par les journaux de Paris que vous étiez mort, que je recevais votre mot. Vous en avez toujours de bonnes, hein ?

— Nestor est comme ça, dis-je modestement, en reposant mon verre.

— Un drôle de mec, hein ?

— Opinion fort pertinente, approuvai-je, mais qui n'a pas le mérite de l'originalité. On m'a déjà sorti la même chose, il y a quelques jours, au Quai des Orfèvres.

— Non ? Racontez-moi un peu ça.

Je bâillai.

— C'est long et je tombe de fatigue. D'autre part, cette affaire est assez vaseuse. Pour parler franc, je suis en plein cirage. Si ça ne vous fait rien, j'aimerais mieux attendre de posséder d'autres éléments pour en discuter et...

— Je vois, fit-il, en hochant la tête, vous ne voulez rien dire.

Je ricanai :

— Je n'ai pas de secret pour vous, toubib. Alors, de vous à moi, autant vous dire que j'aime mieux la boucler.

— Parfait, accepta-t-il, sans se fâcher. Et, à part ça, en quoi puis-je vous être utile ?

— De l'autre côté de la ligne, ils adorent les fantômes. En ma qualité de récent macchabée, il faut que j'aille là-bas tirer les pieds à quelqu'un.

— Un type endormi, bien entendu ?

— Un type qui a voulu m'endormir.

— C'est assez pressé, sans doute ?

— M'avez-vous vu une seule fois lambiner ?

— Bon Dieu, non. Seulement, vous ne pouvez aller plus vite que la musique, tout Dynamite Burma que vous soyez. Avec cette histoire de débarquement en Afrique du Nord, la garde s'est faite plus sévère sur la ligne. Régulièrement, un passage aurait dû s'opérer demain, mais le passeur m'a informé qu'il fallait patienter un peu. Les gars sont en train d'étudier un autre itinéraire que celui jusqu'ici emprunté. J'ai ici trois clients qui sont aussi pressés que vous d'aller en zone nono. Ils attendent. Il faudra faire comme eux, mon vieux, et ne pas justifier par un bris de chaises ou tout autre exaction, un internement plutôt prolongé dans ma clinique, ajouta-t-il en rigolant.

— Je serai doux comme un mouton, promis-je.

Combien de temps croyez-vous qu'il me faille poireauter ?

— Il m'est impossible de le savoir. Un moment favorable peut se présenter brusquement et les convoyeurs rappliquer alors en pleine nuit ici, pour y prendre les voyageurs. C'est déjà arrivé. Comme ça peut demander plusieurs jours. Encore un peu de fine ?

— Volontiers...

Je haussai les épaules avec fatalisme. Je ne pouvais pas me hasarder à tenter le coup par mes propres moyens. Il me fallait attendre le bon vouloir des spécialistes.

— Que faisons-nous, maintenant ?

— Vous avez manifesté le désir de vous reposer. Je vais vous faire donner une chambre.

— Capitonnée ?

Il se mit à rire.

— Evidemment. Un dynamique de votre genre...

— Ah ! j'oubliais. Combien va me coûter le voyage ?

— Permettez-moi de vous l'offrir. Vous gratifierez le guide d'un bon pourboire et ça ira comme ça. Et tant que vous resterez ici, vous serez mon hôte. Si, si, je vous en prie. Mais, lorsque vous en aurez fini avec ce type à qui vous devez tirer les pieds, revenez donc me raconter l'histoire.

— D'accord.

Je me levai. Delan appuya sur un bouton. La porte s'ouvrit, livrant passage à l'accorte blondinette.

— Jeanne, je vous présente M. Martin. Conduisez-le à la chambre 6. M. Martin est un nouveau pensionnaire. Un alcoolique.

Le regard ironique de la jeune fille alla de son patron à moi, en passant par la bouteille.

— Je l'aurais parié, minauda-t-elle.

— Ecoutez, bébé, fis-je, en votre compagnie, je sens que je vais devenir également érotomane.

***

Ma chambre n'était pas capitonnée, mais avait sa fenêtre garnie de solides barreaux. C'était une pièce de façade, située au deuxième étage, d'où j'avais vue sur le chemin. A travers un maigre rideau d'arbres, j'apercevais aussi le ruban de la route nationale. Le crépuscule commençait à descendre sur le paysage et le teintait de mauve. D'un boqueteau, un vol de corbeaux jaillit soudain en croassant.

Cet endroit n'avait rien de particulièrement réjouissant, et je refermai la fenêtre, tout drôle. Je me secouai, bourrai une pipe, fis la lumière, — une lumière plutôt chiche ; l'ami Delan ne devait pas être fougueusement partisan de gaspiller l'électricité —, et ajustai les lourds rideaux sombres de la défense passive, ainsi qu'une affichette, collée sur la face intérieure de la porte, m'y invitait « pour la sécurité de tous », et, ici, ces mots prenaient toute leur signification.

Un cabinet de toilette attenant comportait tout ce qu'il fallait pour procéder convenablement à ses ablutions. Je me lavai, me rasai, me brossai et redescendis trouver Delan.

— Je vous croyais recru de fatigue, observa-t-il.

— Je le suis beaucoup moins depuis que je sais que vous ne m'assaillerez pas de questions, répondis-je. Vous voyez que je sais être franc, quand il le faut.

— Nous allons donc bavarder de la pluie et du beau temps ? ricana-t-il.

— S'il vous plaît.

— Eh bien, mon vieux, nous ferons cela à table. C'est bientôt l'heure de manger. Et pas comme à Paris, vous savez. Vous dînerez avec moi, dans mon appartement privé. Il n'est peut-être pas utile que vous vous mêliez à mes... hum... clients de passage, c'est le mot.

— Cet arrangement me convient, docteur.

Je fis honneur au repas, un repas comme je n'en avais pas fait depuis longtemps. Il nous fut servi par la blonde Jeanne et elle ne nous plaignit pas le gros rouge dont, par déférence envers mon alcoolisme, sans doute, elle déposa toujours les bouteilles beaucoup plus à portée de ma main que de celle de son patron.

La table débarrassée, béat, j'allumai une pipe et le toubib un cigare.

— Vous hébergez aussi de vrais cinglés, dans votre établissement ? demandai-je.

— Il le faut bien, dit-il, ne serait-ce que pour la couverture. Encore que : fous ne soit pas le mot exact. Ce sont des déprimés qui viennent ici faire une cure. Rien du dément classique, ou soi-disant tel, qui éructe, bave, vomit des injures ou pousse des cris. Ce sont des types très doux, au contraire, et ils logent presque avec nous, d'ailleurs, dans la partie arrière de la maison.

— On a donc, malgré leur proximité, des chances de dormir tranquille ?

— Toutes les chances. Quoique...

Il écrasa son cigare dans le cendrier et me tendit un verre d'alcool.

— Ecoutez, Burma, autant vous en informer tout de suite pour que vous ne m'engueuliez pas un de ces matins. Il n'y a vraiment qu'un seul incurable, ici, et il loge à côté de chez vous. Je n'ai jamais voulu le mêler aux autres, qu'il pouvait troubler. Il lui arrive, en effet, d'avoir des crises, des cauchemars au cours desquels il lance quelques cris. Ces instants de furie... non, le mot est bien fort, disons, d'exaltation, sont toutefois de courte durée. C'est un de mes amis et j'ai tout essayé pour le guérir, mais inutilement. Il s'agit de Victor Fernèse. Vous en avez peut-être entendu parler.

Je pris le mégot de cigare abandonné dans le cendrier et le mis dans ma pipe.

— Non, dis-je. On a beau avoir travaillé ensemble, docteur, vous ne m'avez pas présenté toutes vos connaissances.

— Ce n'est pas seulement parce que Fernèse est mon ami que vous auriez pu en entendre parler. Je crois qu'avant-guerre vous fréquentiez des organisations pacifistes, n'est-ce pas ?

— Vous le savez bien.

— Fernèse en fréquentait aussi. C'était un pacifiste militant. Je supposais qu'à la faveur de certaines réunions...

— Non, fis-je, après m'être creusé un instant la tête, non, ce nom : Victor Fernèse ne me dit rien.

— Peut-être militait-il sous un pseudonyme...

— Un nom de guerre, plaisantai-je.

— Oui, sourit Fred Delan. Quoi qu'il en soit, c'était un pacifiste, un homme qui ne vivait que pour ses idées, et qui ne voyait pas sans appréhension appprocher l'orage dans lequel nous sommes actuellement pris. En 39, à la déclaration des hostilités, il a vu s'écrouler toutes ses illusions. Ça lui a donné un choc terrible. Il a perdu la raison du jour au lendemain. J'ai appris son état par un correspondant de Toulouse. A ce moment, il travaillait dans cette région, à Saint-Gaudens. Je l'ai hospitalisé ici. Je n'étais pas mobilisable ; j'ai quelque chose de pas catholique dans un poumon. J'ai soigné Fernèse du mieux que j'ai pu, mais sans succès, je vous le répète. Maintenant, j'ai perdu tout espoir de jamais le guérir, mais je continue à l'héberger. Je le cache, pour ainsi dire. Parce que, vous savez, on a beau prétendre, les nazis ne portent pas précisément dans leur cœur des pacifistes de l'acabit de Fernèse — ils savent reconnaître leurs ennemis —, et j'aime mieux savoir mon ami chez moi qu'entre leurs mains.

— Et ce copain-là est sujet à des crises ?

— Passagères, oui. Il reste des heures, perdu dans

son rêve, à marmonner des mots indistincts, puis il s'anime et il appelle une femme, Laurence. C'est curieux, je ne lui ai jamais connu de liaison féminine de ce nom.

— On ne peut pas tout savoir.

— Non, convint-il, en secouant la tête. Et même pas, tout aliéniste que je suis, comment guérir un ami.

— Oh ! ça va, toubib. Ne parlez pas d'ami sur ce ton larmoyant. Ça ne vous va pas. Pour une fois que vous en recevez un, vous l'envoyez loger à côté d'un timbré plutôt bruyant.

— Fernèse reste parfois des semaines entières sans rien dire, protesta-t-il.

— Possible, mais moi j'ai tellement de veine que je sais bien qu'il va l'ouvrir cette nuit.

— Bon sang, Burma, buvez encore un coup et cessez de grogner. En tout cas, si votre voisin a une crise, ne cognez pas à la cloison pour le faire taire. Vous ne feriez que l'exaspérer. Attendez que la crise passe d'elle-même.

J'obéis à la première injonction de mon hôte — celle ayant trait à la boisson —, mais pas à la seconde.

— C'est gai, grommelai-je, en me levant. Enfin...

Je gagnai ma chambre. Le chauffage central fonctionnait et elle était agréablement tiède. Je me coulai dans les draps et fis l'obscurité.

Contrairement à mes prévisions, mon voisin l'aliéné ne troubla aucunement mon repos, mais je n'en dormis pas mieux pour cela.

Il y avait à peine dix minutes que j'étais au lit. Je commençais à m'assoupir. Un ronron de moteur attira mon attention.

Je me dis que ça, c'était un coup des Anglais, que tout à l'heure le paysage environnant allait subir quelques modifications et qu'il me restait encore un tas de chances de recevoir une pêche sur la figure, pourvu que le Bon Dieu fût mal luné. Mais les avions passèrent sans me faire de mal. Ils volaient bas, dans un tintamarre épouvantable. Trop bas et trop bruyamment pour être des Anglais. Dans un sens, c'était rassurant, mais c'était quand même une foutue berceuse.

Quelques secondes de silence, et ce fut sur la route que se produisit un bouzin infernal. Des pétarades, un roulement, quelque chose comme un tremblement de terre qui parut fondre sur la clinique, la faisant trembler sur ses bases. Les carreaux de la fenêtre vibrèrent longuement.

Je me levai. Sans faire la lumière, j'écartai les rideaux et ouvris silencieusement la fenêtre. La nuit était claire. A travers les barreaux, j'aperçus la route, derrière le transparent rideau d'arbres.

Elle était sillonnée par de grosses voitures, marchant un train d'enfer, leurs phares voilés éclairant à peine le sol. De lourds camions suivaient, et puis des tanks de tous calibres, et des pièces d'artillerie.

Je pensais que Marc Covet devait avoir utilisé son *Ausweis* tout neuf. Car, maintenant, ça y était.

Les forces de l'Axe franchissaient la ligne.

— Il fallait s'attendre à une opération de ce genre, me dit Frédéric Delan, le lendemain matin, lorsque je le rejoignis dans son cabinet.

Je jetai un coup d'œil dans le parc. Trois personnes s'y promenaient aux rayons d'un soleil anémique.

— Personnellement, dis-je, en tambourinant sur la vitre, je trouve cela plutôt fâcheux. Ça ne va pas hâter mon passage, hein ?

— Certainement pas, convint-il.

Il s'approcha et regarda lui aussi dans le parc.

— Tiens, s'écria-t-il, voilà Fernèse qui vient accomplir sa promenade habituelle en compagnie de Pierre, l'infirmier.

J'examinai le malade qu'accompagnait le gorille. Je me fichais pas mal de Victor Fernèse, préoccupé que j'étais par cette histoire de nouvelle invasion qui allait me bloquer là pendant je ne savais combien de temps, mais je l'examinai tout de même. Pendant que je faisais cela, je ne pensais pas à autre chose.

C'était un homme de quarante ou cinquante ans, avec des cheveux gris dépassant de sa calotte sombre, petit de taille et ne paraissant pas en mauvaise santé physique. Je le voyais pour la première fois.

Laissant le docteur à ses occupations, je me retirai dans ma chambre où je passai la journée à lire et fumer. Pour cette dernière opération, j'avais eu recours aux bons offices de Pierre-le-Gorille, Pradel de son vrai nom. L'ex-boxeur gagnait à être connu. Il me colloqua, pour environ le prix d'un vélo d'avant-guerre, une livre d'un « tabac de culture » qui, mélangé avec du belge et du gris, ne déshonorait pas exagérément ma bouffarde.

Trois jours passèrent ainsi, sans incident.

Le soir du quatrième jour, au dîner, que nous prenions toujours ensemble, Frédéric Delan m'avertit qu'il y avait du neuf.

— Je crois que vous ne tarderez pas à me quitter. On n'est jamais certain de rien, évidemment, mais enfin, voilà : j'ai eu tantôt la visite d'un guide. Comme prévu, il recommande la plus extrême prudence. Ce n'est pas le moment d'approcher des passages habituels de la ligne. Ça grouille de *feldgrau*. Mais, vers Saint-Alter... (à l'heure des liqueurs, il posa son doigt sur la carte Michelin, à une grande distance de Ferdières)... il existe encore une possibilité. Les spécialistes l'ont étudiée

aujourd'hui. Si tout a marché selon leurs vœux, on viendra vous chercher demain à l'aube, vous et les autres. Vous passerez la journée dans une ferme de Saint-Alter et vous franchirez la ligne à la nuit close.
— Parfait.
Nous nous entretînmes quelques instants d'Adolf Hitler, ce qui n'était guère original, quelque deux cents millions d'individus devant, de par le monde, en faire autant à la même heure, puis il me quitta, allant participer au bridge des trois types qui aspiraient comme moi au passage en zone ex-nono. Je montai me coucher.

Il était très tôt. La maison résonnait de mille légers bruits familiers et domestiques, rassurants. Pierre Pradel, le gorille, vint bavarder avec Victor Fernèse. Je me demandai si c'était une bonne thérapeutique, le boxeur ayant plutôt une gueule à provoquer des accouchements prématurés. Sa causette terminée, il me dit bonsoir, en passant devant ma porte. Plus tard, je perçus le pas furtif de l'accorte infirmière, puis des bruits de portes se fermant et le silence enveloppa la maison, autour de laquelle hurlait méchamment le vent aigre de novembre.

Je savais bien que, la nuit venue, il n'était pas indiqué que le gorille allât faire admirer sa binette à caler les roues d'un corbillard à un dingo. Cela devait immanquablement donner des idées au pauvre type. Et, de fait, je ne dormais pas encore, lorsque des cris arrivèrent à mes oreilles. Ils venaient de la chambre voisine, celle qu'occupait Fernèse. Le type piquait sa crise. Il s'était tenu tranquille jusque-là et il avait attendu la dernière nuit, — du moins l'espérais-je —, que je devais passer sous ce toit pour se manifester. Et il se fendait du grand jeu. Je ne compris pas d'abord très bien ce qu'il gueulait. Enfin, je distinguai le prénom féminin cité par le toubib :

— Laurence... Laurence...

Il l'appelait ferme, sa Laurence. Mais sans douceur aucune, Bon Dieu non ! Il paraissait fichtrement furieux après elle, avec, aussi, un soupçon de frousse dans la voix. Elle avait dû lui mener une drôle de vie, cette vamp. Il prononça encore son nom à diverses reprises, en un hurlement épouvantable :

— Laurence... Laurence...

Il éclata de rire. J'entendis :

— Cinquième procédé... Cinquième procédé...

Encore un rire affreux et ce fut tout.

Je me surpris à exhaler un profond soupir de soulagement. Ça n'avait rien de folichon, cette petite séance nocturne de Grand-Guignol, dans cette maison isolée... Ça n'avait pas duré longtemps. A peine quelques secondes. N'empêche que comme pilule sédative, on eût pu rêver mieux...

La crise du dément n'avait en rien troublé le calme de la clinique. A nouveau, le silence régnait. Dans cette clinique spéciale, d'ailleurs, les occupants temporaires se montraient très peu curieux les uns des autres. La « sécurité de tous », comme disait l'affichette, à propos du camouflage des lumières, exigeait la discrétion. Et puis, à la réflexion, et même sans réfléchir, quoi de plus naturel que la présence d'un fou dans une maison de fous, si on en croyait du moins l'enseigne ? Et pouvait-on tenir rigueur à un fou de se comporter comme un fou ?

En somme, ce Fernèse, avec ses crises intermittentes, était un fameux alibi pour Delan, justifiant à lui seul l'existence de ce relais. Et je me demandais si le toubib avait tellement que cela cherché à guérir son ami.

Par association d'idées, je songeai au délire particulier dont semblait affligé ce malheureux. Il était possible que la guerre lui eût chamboulé le psychisme. Moi-même, je me souviens qu'en septembre 39, je l'ai ramené dur. Mais il devait y avoir autre chose, dans le cas de ce type. Ses appels à Laurence et au Cinquième Procédé me firent songer que le petit dieu Eros avait dû lui assener un solide coup de carquois sur le crâne. Et ce Cinquième Procédé, ça devait être un truc compliqué tiré d'un Kama-Soutra quelconque, auquel la nommée Laurence se refusait et ça avait rendu Fernèse dingo. Puis, je me dis avec douceur que je n'étais pas Charcot, ni Babinski, ni Freud, ni aucun de ces brillants farfouilleurs des recoins obscurs de notre âme, et que le gars n'avait qu'à se débrouiller avec sa Laurence, son Cinquième Procédé et son copain Delan. Je me dis encore qu'il serait prudent de faire gaffe, si je ne voulais pas le rejoindre dans son état. Ce qui me fit penser cela, c'est cette sacrée manie que j'ai de toujours guigner en direction des jambes de mes contemporaines...

Là-dessus, un monsieur entre deux âges me demanda du feu et je compris que j'étais endormi, puisque je rêvais.

Le type qui me réveilla, j'ignore combien d'heures plus tard, n'avait pas du tout besoin que je lui donne du feu. Il tenait au poing un de ces briquets à trente-six coups plutôt destinés à casser les pipes qu'à les allumer.

Un remue-ménage dans la maison m'avait d'abord fait tendre l'oreille, mais d'une façon vaguement inconsciente. Je crus que le fou remettait ça. Ensuite, le vacarme s'était précisé. Des pas précipités dans les couloirs, des portes qu'on malmenait, des cris m'avaient tiré du lit. Mais je n'avais pas encore tous mes esprits. Peut-être le vin rouge ingurgité à table en était-il cause. Mais celui qui me les rendit, mes esprits — pour, d'ailleurs, me les reprendre presque aussitôt —, fut le visiteur inattendu qui ouvrit brusquement la porte de ma chambre, insérant dans son encadrement sa massive silhouette. Avant que j'aie pu esquisser un geste ou dire un mot, le commutateur fut tourné et la pâle lumière électrique arracha au Mauser pointé vers mon nombril des reflets bleutés.

— Du calme, mon mignon, fit l'intrus. Je vais te donner une douche sèche.

Il m'assena un coup, de poing ou de crosse, je ne sais plus, en tout cas c'était ce genre de châtaigne qui fait date. Je m'écroulai, cependant qu'il se retirait en donnant deux tours de clé, et après avoir, en type précautionneux, éteint la lumière.

Je restai un bon bout de temps à me demander si je voguais en mer, atteint du mal du même nom, ou si j'étais un objectif militaire allemand deux minutes avant qu'on sonne l'alerte, ou encore si je faisais du parachute après un copieux repas. J'avais l'impression de supporter sur mes épaules une tête grosse comme celle du personnage de *Je sais tout* et tout tournait autour de moi. Enfin, je me remis sur mes pattes du mieux que je pus, tout endolori et abruti. C'est alors que quelqu'un fut traîné dans le couloir, quelqu'un qui criait :

— Laurence... Laurence...

Il y eut des jurons. Une plutôt furieuse voix féminine gronda :

— Ne recommencez pas vos idioties (en employant un terme plus vert).

Fernèse cria encore :

— Laur...

L'*ence* lui resta dans la gorge. On avait dû le bâillonner. L'escalier fut dévalé comme par un escadron. A ce moment seulement, je perçus le halètement léger d'un moteur. Une auto stationnait devant la clinique. J'entendis des gens sortir de la maison et chuchoter. Sans bruit, j'ouvris la fenêtre. C'était tout ce que me permettait mon état. La lune s'était levée, et baignait de lumière froide une voiture à la carrosserie sombre, son capot dirigé vers la route nationale. C'était une mécanique luxueuse, qui devait filer bon train sans faire trop de boucan. Je vis deux hommes — dont mon agresseur —, passer la grille et aller à l'auto. Ils portaient comme un paquet de linge une forme blanche plutôt agitée mais silencieuse : Fernèse, apparemment, en chemise de nuit et bâillonné. Une femme les suivait, qui contourna la voiture et y monta, de l'autre côté. Elle ne s'y éternisa pas, les autres ayant besoin d'elle. Elle émergea de la bagnole par la portière que j'avais dans mon champ visuel. Apparut en premier lieu sa jambe gainée de soie, très haut découverte par la jupe relevée dans le mouvement. Puis, le corps suivit. La femme aida ses complices à enfourner le dément dans le véhicule. Je pouvais la détailler comme s'il faisait jour.

Alors je n'en eus pas le souffle coupé, parce que, depuis la vision de la jambe, une drôle d'idée s'était fait jour dans mon cerveau, mais, enfin, ça me fit tout de même quelque chose...

La « kidnappeuse » du cinglé, c'était la môme Terpsichore, cet amour de Jackie Lamour.

Le premier moment de stupeur passé, je recouvrai d'un coup toutes les qualités qui m'ont valu ma renommée et mon surnom. Ça ne gazait pas encore terriblement dans la partie inférieure de ma tête, because la « douche sèche », comme disait l'autre, mais le sang-froid revenait dans les lobes cervicaux. Je passai mon pantalon et mes chaussures, et m'en fus dans le cabinet de toilette, où j'avais remarqué la présence d'un rustique tabouret. Ce siège massif me servit à faire sauter la serrure de ma porte.

Un début d'agitation se manifestait dans les chambres. De-ci, de-là, on cognait discrètement aux portes, fermées à clé comme la mienne par les soins des amis de la danseuse.

— L'alerte est passée, criai-je. Remettez-vous dans vos lits et tâchez de dormir. Je vais aller voir le directeur et on vous expliquera tout demain.

Ce petit boniment en calma quelques-uns. Je descendis à l'appartement personnel de Fred Delan. La porte en était grande ouverte. Je courus à sa chambre et constatai que le lit n'avait pas été défait. Je pris la direction du bureau. Au pied de l'escalier, dans le hall, j'entendis quelqu'un qui descendait. Je levai la tête. C'était Jeanne chaussée de mules, le corps enveloppé dans une robe de chambre assez miteuse, sa chevelure blonde désordonnée et le visage luisant d'un enduit gras.

— Bonsoir, bébé, dis-je. Savez-vous que la section des agités d'un établissement concurrent et similaire est venue nous donner une sérénade?

— Que... que se pass... passe-t-il exact... exactement? balbutia-t-elle.

— Vous n'avez pas reçu la visite d'un gentleman armé d'un pétard, qui pousse la gentillesse à n'en point user, mais vous sert à domicile des coups de poing à assommer un bœuf?

— Vous ne pourriez pas vous... vous expliquer plus clairement?

— Je le ferai tout à l'heure. Pour le moment, je cherche le toubib. Il n'est pas dans sa chambre.

— Le docteur avait à travailler cette nuit... Il doit être dans son bureau...

— J'y allais. Allons-y ensemble. Cela ne me plaît pas du tout, qu'il ne soit pas déjà à évoluer dans la maison, pour rassurer ses clients.

Je l'entraînai vers le cabinet directorial. La porte en

était ouverte. L'obscurité régnait. Nous entrâmes et je manœuvrai l'interrupteur.

J'avais raison d'être inquiet. Le psychiatre gisait sur le tapis, sa tête et ses épaules baignant dans le sang. Sa peau revêtait une teinte de mauvais aloi.

— Voilà le travail, bébé. J'espère que ce pauvre vieux n'est pas mort. Ça ne serait pas le moment.

Je me penchai et poussai quelques jurons, à cause de la fixité du regard. J'essayai de redresser le corps. Je le secouai vigoureusement, mais cette méthode n'a jamais ressuscité personne d'aussi mort que l'était Fred Delan. Je laissai retomber le cadavre.

— Nom de Dieu, proférai-je, au plus haut point dépité, lui qui allait m'être si utile.

Comme oraison funèbre, c'était gratiné. Fort heureusement, personne n'était là pour en relever l'inconvenance. Car Jeanne la blondinette ne pouvait compter pour quelqu'un. Terrifiée, exsangue, dressée contre la bibliothèque qui la soutenait, elle n'était pas loin de défaillir. J'insérai mon bras sous le sien.

— Changeons de crèmerie, proposai-je. Trouvons un endroit moins encombré pour discuter. Et indiquez-moi l'emplacement du bar. Un vulnéraire s'impose. On se tapera un peu de fine et ça ira mieux. Nous tiendrons alors une sorte de conseil de guerre.

Nous nous réfugiâmes dans le petit salon de l'appartement du défunt. Jeanne s'assit dans un fauteuil et but une forte rasade d'alcool. Un peu de rose lui colora les joues. La laissant se remettre complètement de ses émotions, je retournai dans le bureau examiner le cadavre de Frédéric Delan. Cela fait, je m'emparai d'un paquet de cigarettes qui traînait sur le buvard et rejoignis Jeanne. Elle allait beaucoup mieux. Pour parfaire l'effet de l'alcool je lui offris une cigarette. Elle la fuma en m'écoutant. Je lui racontai l'agression dont j'avais été l'objet et le rapt de Victor Fernèse, en lui cachant que je connaissais la ravisseuse. A son tour, elle me dit que, couchant sous les combles, elle avait été réveillée par le bruit. Personne n'était allé jusqu'en haut. Sa chambre donnant sur le parc, au-dessus de la partie de l'immeuble réservée aux malades, elle n'avait entendu ni vu la voiture. Elle était descendue, quand elle avait compris qu'il se passait quelque chose d'anormal.

— Pour ce qui est du docteur, dis-je, j'ai examiné son cadavre, et je crois pouvoir dire comment les choses se sont passées. Il est mort plutôt accidentellement. Il a stoppé un coup formidable. Il est tombé et son crâne a heurté le coin du meuble. C'est un bois très dur avec, en outre, un revêtement d'acier. Une mortelle fracture du crâne, et voilà comment on termine sa carrière... Il a été projeté en arrière avec une telle violence, continuai-je, que tout est broyé, derrière, comme s'il avait reçu un coup de marteau. Mais il n'a pas reçu de coup de marteau. Simplement un coup de poing, et ce n'est pas là que ça l'a touché, mais au menton, un coup de poing administré toutefois par une brute colossale auprès de qui notre ami le gorille, Pierre...

Je m'interrompis.

— Eh bien, eh bien, m'exclamai-je, qu'est-il devenu, celui-là ?

— Il couche dans une logette, à l'entrée de la maison, m'informa Jeanne.

— Allons voir s'il y est encore.

L'ex-boxeur n'était pas dans sa loge, mais sur le perron, bâillonné et ficelé. Nous le délivrâmes et il nous narra sa mésaventure, avec une proportion de deux jurons par mot honnête qu'il prononça. Curieux sandwich verbal. On avait sonné. Il était allé ouvrir sans méfiance, s'imaginant que c'étaient les passeurs qui venaient chercher leurs clients. Il s'était trouvé en présence d'un individu de haute stature, masqué et armé d'un revolver, qui ne lui avait pas laissé le temps de dire ouf. Un bon coup d'assommoir et l'ex-espoir du noble art était suffisamment groggy pour que le complice du cogneur le garrotte et le bâillonne sans difficulté aucune.

Le récit terminé, j'appris à l'infirmier le triste sort de son patron et il tomba des nues. Il se reversa quelques doigts — des gros —, d'alcool. La scène se passait dans le salon où nous étions revenus tenir compagnie à la bouteille.

— Pouvez-vous me tuyauter sur le malade qu'on a enlevé ? demandai-je.

Aucun d'eux n'était en mesure de le faire. Je passai à un autre sujet. La mort de Fred Delan compliquait singulièrement les choses. Il faudrait sans doute avertir la police. Mais était-ce inévitable ? Pierre déclara que ça ne lui plaisait pas beaucoup, mais qu'il ne voyait pas le moyen de faire autrement. J'allais objecter que tant que la maison abriterait les candidats au passage illégal de la ligne, ce n'était peut-être pas très prudent lorsqu'une sonnerie retentit. Celle du téléphone, dans le bureau mortuaire. Je courus décrocher, suivi de l'infirmier. Après quelques secondes d'écoute, je passai le récepteur à mon compagnon, le jugeant plus apte que moi à saisir le sens des propos sibyllins qui faisaient vibrer l'ébonite.

— Le « gué » de Saint-Alter est praticable, annonça l'ex-boxeur en raccrochant. On viendra prendre la « cargaison » à 7 heures ce matin.

Il en était cinq, largement passées. Ne tenant pas à manquer le transport — plus j'allais et plus j'avais hâte de me trouver en présence de Robert Beaucher —, je ne disposais pas d'une éternité pour fouiller dans les archives du défunt, à la recherche d'un renseignement quelconque sur le dingo kidnappé. Jeanne, l'infirmier et moi élaborâmes un boniment pas trop indigeste à faire avaler aux hôtes de la maison pour expliquer les événements de la nuit, et cependant qu'ils allaient le leur servir et les informer du départ imminent, je commençai mes recherches. Le résultat en fut négatif, car je ne pouvais compter au nombre de renseignements appréciables le fait d'apprendre par une fiche d'hospitalisation que Victor Fernèse avait été ingénieur. Ce document, établi par Delan, ne mentionnant pas dans quelle branche industrielle, c'était aussi instructif que, par exemple, une prédilection marquée par Fernèse pour les artichauts froids.

Le soir même, avec la satisfaction que l'on devine, je passai la ligne.

CHAPITRE VI

BONNE CONTINUATION

Je débarquai à Marseille le lundi 16 novembre, dans l'après-midi, par temps couvert. Ne tenant pas à descendre à l'hôtel, je songeai à Jean Rouget, un copain que j'avais négligé, lors de mon récent séjour dans la cité phocéenne, mais qui, aujourd'hui, allait s'avérer bougrement utile.

J'avais connu Jean Rouget avant-guerre, à la *Rhumerie Martiniquaise*. Il s'était découvert, depuis l'armistice, l'étoffe d'un industriel. Replié à Marseille, il avait fondé en coopérative, avec une bande de gars qui aimaient mieux, pour toutes sortes de raisons, voir la croix gammée de loin que de près, une fabrique de pâte de fruits, aliment offrant toutes garanties hygiéniques puisque, depuis qu'il en vendait, — et il en vendait —, aucun cas mortel n'avait été signalé dans les Bouches-du-Rhône et départements limitrophes. Ils étaient quelques douzaines d'individus, mâles et femelles, à travailler dans cette entreprise et à en vivre, tous citoyens de Saint-Germain-des-Prés ou de Montparnasse, et représentant les professions les plus diverses, depuis le cinéma jusqu'à la peinture, en passant par le music-hall et l'agitation politique. Il y avait aussi des chimistes et une bonne majorité de nommés Duval, Dubois ou Dupont. Ces derniers possédaient un accent pas spécifiquement méridional et leur présence en ce lieu avait valu à Rouget, de la part d'adversaires peu délicats, le surnom de Papa Ghetto. Le *Toufruit,* comme on voit, était donc un endroit éminemment sympathique et ce qu'on est convenu d'appeler une maison de confiance. Je mis aussitôt le cap dessus.

En dépit de son nom, Rouget est un type au teint pâle, avec une figure en lame de couteau, de grosses lunettes et une formidable voix de basse. Il en usa dès qu'il m'aperçut.

— Tiens, un flic, tonitrua-t-il en s'esclaffant, au risque de provoquer une panique dans la boîte ou de me faire passer à tabac. Comment vas-tu, sale flic ? ajouta-t-il, d'un ton plus aimable et la main tendue.

Je lui dis que j'allais bien, puisque aussi bien on ne connaît personne ayant répondu le contraire. Remarquant alors un changement dans ma physionomie, il souhaita sans ambages que ce fût là le résultat d'une partie de catch avec un de mes clients. Je lui rétorquai qu'il n'y était pas du tout, que j'étais mort, ainsi qu'il devait le savoir, et que la gueule que j'offrais était la gueule spéciale aux fantômes quand ils sont de sortie. J'ajoutai que si nous pouvions discuter un peu sérieusement, je n'étais pas contre. Il convint de la possibilité de la chose. Nous passâmes dans son bureau. Il ne me posa aucune question. Par loyauté, si j'ose dire, je lui fournis quelques explications aussi fausses que brèves sur mon séjour à Marseille. Au bout d'un quart d'heure, il m'avait trouvé dans la baraque un coin où je pourrais dormir.

Je restai encore quelques instants au *Toufruit,* le temps de refaire connaissance avec certains collaborateurs de Rouget et d'apprendre qu'en dépit de l'optimisme de commande des journaux, l'occupation de la côte par les troupes de l'Axe n'avait pas eu lieu sans incidents. Dans le Vieux-Port, par exemple, dès le premier jour, un officier allemand avait été descendu, une maison avait été assiégée et un tank lourd avait fait un trou à la place de la maison. Je réfléchis qu'avec une atmosphère pareillement calme, il allait y avoir du bon pour le dynamisme de Nestor Burma. Et cela me rappela Robert Beaucher. Je filai immédiatement vers le domicile de mon mystérieux client.

***

Je gravis l'escalier, en négligeant la concierge. Parvenu au deuxième étage, je sonnai à la porte de gauche. On me fit légèrement poser, puis quelqu'un m'ouvrit qui n'était pas Beaucher. Cet individu d'aspect maladif, la peau mate, le menton orné d'un collier de barbe clairsemée qui ne l'embellissait pas, paraissait dans la lune et fort loin d'avoir inventé l'eau bouillante.

— Je désirerais parler à M. Robert Beaucher.

Le personnage ouvrit des yeux ronds.

— Robert Beaucher ? Vous devez faire erreur. Il n'y a personne de ce nom ici. Je m'appelle Maillard.

— Ecoutez, monsieur Maillard, dis-je en retenant de mon pied l'huis qu'il s'apprêtait à me fermer au bec. Il me serait très désagréable de penser que je puis travailler du chapeau. Laissez-moi entrer et je verrai bien si je ne suis pas venu ici, il y a quelques jours, rendre visite à un certain Beaucher.

J'écartai le type et entrai. Aucun doute. C'était bien là que m'avait reçu mon fameux client. J'en fis la réflexion et à ce moment, l'autre, qui me scrutait attentivement, se frappa le front.

— Suis-je bête ! s'exclama-t-il. Vous dites être venu ici quand ?

Je fournis la date.

— Eh oui, fit-il. C'était lors de mon absence...

Et il m'expliqua qu'ayant à s'absenter, vivant seul et pas riche, il avait jugé profitable, l'occasion s'offrant, de sous-louer pendant une quinzaine son appartement à un de ses amis. Ami n'était peut-être pas le mot exact (caresse à la barbe). C'était quelqu'un dont il avait fait la connaissance au *Café Riche,* voici quelques mois. Ils avaient des goûts et des opinions communs ; c'était tout. Ce ciment avait suffi pour les lier. Mais, maintenant, il se demandait...

— Voyez-vous, je n'ai constaté aucune disparition parmi mes objets personnels, mais je n'en tremble pas moins, rétrospectivement, parce que cet homme, que vous appeler Beaucher, je l'ai connu sous un nom différent...

— Ah ! et lequel ?

C'était sans importance, le nom qu'il allait me balancer, mais il me fallait bien avoir l'air d'avaler la couleuvre qu'il me préparait.

— Barnabé... Robert Barnabé... c'est plutôt un drôle de pistolet, d'après ce que vous m'en dites, hein ?

J'acquiesçai, puis :

— Quand avez-vous réintégré votre domicile ?

— Le 10.

— Barnabé, Beaucher ou quel que soit son nom, était-il encore là ?

— Non. Il était parti la veille, à ce que m'a dit la concierge. Il a laissé les clés de l'appartement à cette personne et le prix de la location sur une table, dans une enveloppe.

— L'avez-vous revu ?

— Tiens, c'est curieux. Je suis retourné deux ou trois fois au *Riche*. Il n'y était pas. Sur le moment, je n'y ai pas fait attention, mais maintenant...

— Maintenant ?

— Eh bien, tout cela me paraît bizarre.

— Ça l'est, assurai-je. A part le *Café Riche,* vous ne voyez pas où je pourrais trouver ce monsieur ? Il me faut à tout prix avoir une entrevue avec lui.

— Non, je ne vois pas.
— Tant pis. Merci quand même, monsieur Maillard.

Je redescendis et, en passant, posai quelques questions à la concierge. Ça ne m'en apprit pas plus, sauf que Maillard n'était pas abonné au téléphone, chose dont je me doutais, et qui me fut confirmée, à ma satisfaction. Ça me permettait de tenter quelque chose, puisque aussi bien, pour le moment, je ne voyais pas quoi faire d'autre. A propos de téléphone, j'utilisai celui d'un bistrot voisin pour appeler le *Toufruit*. Je priai Rouget de m'envoyer la camionnette de l'établissement. Il me demanda si je ne voulais pas aussi une danseuse. Je répondis qu'il en existait déjà une dans l'affaire dont je m'occupais et que c'était suffisant. Dans ces conditions, dit-il, il consentait à m'envoyer la bagnole. Elle fut là peu de temps après, conduite par un rouquin d'allure plutôt marle. Nous sympathisâmes immédiatement. Je lui fis ranger le véhicule à un certain endroit, m'installai sur le siège à côté de lui et nous attendîmes en parlant de Paris. La nuit venait et je commençais à désespérer, lorsque Maillard sortit de l'immeuble. Je me félicitai de disposer d'une voiture car celui que je me proposais de filer enfourcha un vélo. Je fis signe au rouquin, qui embraya. Nous traversâmes la ville selon une ligne approximativement sud-est. Bientôt, les maisons s'espacèrent. Nous longeâmes une voie ferrée.

— Où sommes-nous ?
— Je suis un Marseillais de fraîche date, s'excusa le rouquin, mais je commence à me familiariser avec cette ville, depuis que je roule pour la boîte. Ici, nous sommes entre la Blancarde et Saint-Barnabé.
— Saint-Barnabé ? Très intéressant.

Nous roulâmes encore un moment, toujours dans le voisinage du chemin de fer. Les locomotives chuintant, sifflant, les roues des wagons grinçant à la courbe des rails, les tampons se heurtant, tout ce vacarme était bien pratique. Il empêchait le type que nous filions de prêter attention au bruit de notre moteur. Le cycliste mit soudain pied à terre et s'engagea dans un chemin sans issue (un écriteau me l'apprit), boueux et bordé de terrains vagues aux palissades disjointes. Laissant le rouquin s'occuper de la voiture j'emboîtai le pas au nommé — jusqu'à plus ample informé —, Maillard, en utilisant les terrains vagues, de façon à pouvoir me dissimuler derrière les clôtures, si besoin en était. L'endroit était désert et lugubre, avec son atmosphère empestant le charbon et la nuit, qui se précisait, ne modifiait pas les choses dans le sens d'une partie de rigolade. L'un suivant l'autre, nous parvînmes dans le secteur habité de cette région lépreuse. Deux villas s'érigeaient sur le côté gauche du chemin, vis-à-vis une troisième habitation. De loin, je vis Maillard s'arrêter devant celle-ci. Je m'immobilisai et attendis. L'homme actionna la cloche extérieure, un véritable bourdon qui retentit sans attirer quiconque. Obscurité, silence et abandon. Des deux maisons d'en face, l'une était également hostile, l'autre paraissait habitée. Elle l'était car, à ce moment, s'ouvrit sa porte, projetant sur le terrain boueux un rectangle de faible lumière. Une petite vieille parut, glapissant : « Minou, Minou ». Le chat ne répondant pas, elle s'aventura jusqu'au milieu du chemin, en maugréant. Ce fut alors qu'elle aperçut Maillard. L'insérant entre deux « Minouminou », elle posa à l'homme, sans baisser le ton, la question suivante :

— *Té*, vous demandez peut-être après M. Bernard, mon bon *moussu?*

Ainsi donc, ici, c'était *Bernard?* En moins d'une heure la même personne avait été désignée sous trois noms différents. Ça promettait...

— Tout juste, répondit le visiteur. Il ne semble pas être là.

La vieille n'entendit pas. Tout indiquait qu'elle était sourde. Elle répéta sa question. Maillard lança un : « Oui » sonore.

— Eh bé, il est pas là. Il doit être en voyage. Ça fait des jours que je ne l'ai pas vu ni entendu.

Elle repartit à la recherche de Minou. Maillard vint dans la lumière, écrivit sur une feuille de bloc et alla glisser son message dans la boîte aux lettres de Beaucher-Barnabé-Bernard. Entre-temps, le rouquin m'avait furtivement rejoint. Il ne voulait rien perdre du spectacle, qu'il subodorait excitant. C'était un passionné du cinéma. Il n'y était pas allé depuis trois semaines, tellement ça usinait, au *Toufruit*. Il espérait se rattraper en ma compagnie. Il fut servi, en effet.

Après m'avoir ainsi indiqué, aussi obligeamment qu'involontairement, le domicile réel de mon ex-client, Maillard s'en alla, toujours poussant son vélo. Accompagné du rouquin, je m'apprêtais à aller examiner d'un peu plus près la villa, — la vieille, entre-temps, s'étant recalfeutrée chez elle, Minou récupéré ou non — lorsque se produisit le phénomène habituel qui veut que les endroits déserts ne le soient plus du moment que vous désirez ardemment qu'ils le demeurent. C'est le coup classique du métro. Il est exact qu'en première, on rencontre de fort jolies femmes, particulièrement immodestes lorsqu'elles s'asseyent, eh bien, chaque fois que je suis monté en première, exprès pour les jolies femmes, j'ai eu beau y rester des heures, au grand dommage de ma santé, je n'en ai pas eu une seule en face de moi. Toujours des vieux tableaux ou des types à gueule d'agents de change. C'est la vie. Donc, le rouquin et moi allions nous extraire de notre terrain vague, quand un autre cycliste, surgi on ne sait d'où, passa devant nos yeux, cahotant comme pas un. Plus téméraire que Maillard, il était juché sur sa machine. Nous patientâmes un petit moment, des fois qu'un quatuor soit venu faire une belote juste devant la brèche de la palissade, puis enfin, tout étant redevenu calme, nous nous dirigeâmes vers la villa.

A en juger par l'extérieur, elle ne devait pas se composer de plus de quatre pièces, deux au rez-de-chaussée et deux à l'étage. Il n'y avait ni grenier apparent ni garage.

Il n'y avait pas de jardin, sauf sur le devant, entre la façade et la grille, si on pouvait appeler jardin trois mètres plantés de fusains. La porte de la grille n'était pas fermée à clé. Je la poussai. Elle était un peu dure. Elle tourna sur ses gonds en grinçant affreusement. Il me fut impossible d'empêcher la cloche de produire son vacarme. Il n'y avait certainement pas moyen d'entrer discrètement dans cette turne. Heureusement qu'à un kilomètre à la ronde, il ne devait pas exister d'autre être humain que la vieille sourde. De fait, le bruit n'émut personne dans le voisinage. Je m'appropriai le mot laissé dans la boîte par Maillard, puis, à l'aide de ma lampe électrique, j'examinai la cloche anormalement bruyante. Elle était énorme et toute neuve, contrastant avec la chaîne rouillée qui l'actionnait.

La porte de l'habitation proprement dite n'était également fermée qu'au pêne. Je la crochetai sous l'œil intéressé du rouquin et nous pénétrâmes dans la villa. Je tâtai le mur, sentis un commutateur sous les doigts et le manœuvrai. Une ampoule de faible voltage s'alluma au plafond d'un étroit couloir à l'extrémité duquel s'amorçait un escalier. Nous essuyâmes nos semelles boueuses sur le paillasson. Deux portes s'ouvraient dans cette entrée. On accédait par l'une à la cuisine, par l'autre à une pièce relativement vaste, tenant de la salle à manger et du salon.

— Eh ben, alors ! s'exclama le rouquin, lorsque nous eûmes fait la lumière dans ce dernier endroit.

Rien d'étonnant à ce qu'on ne l'eût pas entendu, ces

derniers jours, M. Robert Beaucher-Bernard ! Il était là, allongé de tout son long, attendant la mise en bière, et déjà vert de colère parce que Roblot tardait à rappliquer.

**

Pour être mort, il était mort, et ça commençait à se sentir.

Il n'avait reçu ni coup de couteau ni projectile. Il semblait avoir été terrassé par un mal subit, avoir voulu se raccrocher au marbre de la cheminée, et être tombé assez malencontreusement les pieds dans le foyer désordonné. Il était en robe de chambre, pantalon, chaussettes et sandales. Le feu était éteint depuis longtemps, mais devait brûler lorsqu'il y avait posé ses pieds. Il ne restait plus grand chose des pantoufles et des chaussettes. La chair en avait aussi pris un bon coup. Ainsi qu'un pan du vêtement d'intérieur. Une veine que le sinistre ne se soit pas étendu, communiquant le feu à la maison tout entière. Oui, une sacrée veine ! Robert Beaucher n'avait pas dû trop souffrir de la morsure des flammes, étant déjà mort lorsque ce fâcheux contact s'était produit. On ne pouvait pas expliquer autrement qu'il eût laissé ses pieds sur les bûches ardentes.

La fenêtre était fermée, les volets mis. Ne tenant pas à ce que de l'extérieur, pour désert que fût le coin, on remarquât la lumière filtrant à travers les fentes, je dis au rouquin d'obturer avec le tapis de la table. Je remarquai alors sur celle-ci un flacon d'alcool aux trois quarts vide.

Sous sa robe de chambre, mon ex-client portait son veston. J'en explorai les poches, n'y trouvant que le bric-à-brac habituel et d'aucun intérêt. Le portefeuille ne recelait rien non plus qui pût m'éclairer sur la personnalité *réelle* du citoyen. Les cartes d'identité et d'alimentation étaient au nom de Robert Bernard, 40 ans, né dans l'Eure. Profession : publiciste. Le passe-partout idéal pour n'exercer aucun métier sans trop attirer l'attention. Dans la robe de chambre, je découvris une feuille de papier à lettre de basse qualité enveloppant un objet soyeux. La dépliant, j'en fis tomber un morceau d'étoffe jaune, épousant la forme d'une étoile à six branches, frappée en son centre du mot : *Juif,* tracé au crayon gras en caractères pseudo-hébraïques. Une copie de l'étoile de David dont, en zone occupée, le port est obligatoire pour les juifs. Sur le papier, je lus, grossièrement tracé : *Sale youtre, les nazis arrivent. Tu vas le porter, le gentil colifichet.* Il n'y avait pas de signature, non plus que d'enveloppe.

Cette brève épître me rappela le mot laissé par Maillard dans la boîte. J'en pris connaissance aussitôt. Il disait : *Votre cocu doit se douter de quelque chose. Il est venu me voir. Il vous cherche...*

Ces deux billets doux n'avaient de commun ni l'esprit ni le graphisme. Seulement l'anonymat, car on ne pouvait considérer comme une signature le rocambolesque : *Œil de Lynx,* qui terminait le second. Je glissai tous ces documents dans ma poche.

— Dites donc, demandai-je au rouquin, il y a eu beaucoup de suicides de juifs, lorsqu'on a appris l'arrivée des Allemands ?

Il s'arracha à la contemplation du cadavre pour me répondre qu'en effet il y en avait eu pas mal. Il ajouta :

— Est-ce que celui-là ?...

— Oui, dis-je. L'autopsie révélera qu'il a succombé à une ingestion de poison, un cyanure vraisemblablement. On ne se procure pas facilement cette sorte de toxique, mais tout le monde sait que les juifs sont débrouillards. C'est bien votre avis ?

— C'est l'avis de tout le monde, approuva-t-il.

— Oui, c'est l'avis général, et ça facilite bougrement

les choses. Celui-là était peut-être encore plus débrouillard que n'importe lequel de ses coreligionnaires. Il avait réussi à cacher son appartenance à la race élue, puisque la mention : « Juif » ne figure pas sur sa carte d'identité. Il a été d'autant plus terrorisé lorsque, les Allemands approchant, il s'est senti démasqué et menacé par un ennemi inconnu. Il a puisé un peu de courage dans l'alcool et puis il a croqué sa tablette. Il est tombé près de la cheminée. Au cours des convulsions, il s'est jeté dans le feu et en a éparpillé les bûches, sans toutefois l'éteindre. La mort avait déjà fait son œuvre, lorsqu'il s'est grillé les pinceaux... Maintenant, mon vieux, dites-moi ce que vous avez à le gaffer comme ça ? Est-ce qu'il vous fascinerait, par hasard ?

Le rouquin ôta sa casquette et ratissa vigoureusement sa chevelure flamboyante.

— C'est que, dit-il, il me semble avoir déjà vu ce mec-là.

— Où cela ?

— Je me le demande. Après tout, c'est peut-être une erreur. Mais il me semble bien l'avoir déjà vu...

— Si ça vous revient, dites-le-moi. En attendant, que pensez-vous de ma petite reconstitution du drame ?

Il ricana :

— On aurait cru entendre jacter un flic.

— Vous entendez par là un vrai flic ? Pas un détective privé de mon genre ?

— Un vrai flic, oui.

— Eh bien, mon vieux, vous ne pouvez pas savoir le plaisir que vous me faites. Raisonner comme un vrai flic. C'est au poil ! Là, réside le secret de l'affaire.

— Oh ! gémit-il, je n'aime pas les bourres. Mais continuez à parler comme eux, plutôt que comme Sherlock Holmes. C'est moins fatigant pour l'auditeur.

— C'est bon, dis-je. Dans ce cas, perquisitionnons.

Après avoir fureté par tout le rez-de-chaussée, très

exactement pour des haricots, nous montâmes à l'étage. Des deux pièces du haut, l'une était transformée en débarras, l'autre servait de chambre à coucher. Dans la première, j'avisai un petit établi et divers outils témoignant d'une récente activité de serrurier amateur. Le désordre régnait partout, mais un désordre non suspect. On ne sentait nulle part la trace d'une main féminine, en dépit de l'absence quasi miraculeuse de poussière. Ça évoquait plutôt furieusement le vieux garçonnisme massif et maniaque. Robert Beaucher, qui se prétendait industriel, alors qu'il était Bernard publiciste, ne paraissait pas plus avoir été marié et père de famille que moi archidiacre ou prix de beauté. Ce fut tout ce que je constatai d'intéressant avant que le rouquin me lance son cri d'alarme.

— On devrait se tirer, fit-il soudain, après consultation de sa montre. Bientôt 9 heures. Aujourd'hui, nous avons encore un couvre-feu avancé, à cause de cette histoire du Vieux-Port. C'est le dernier jour ; autant ne pas avoir affaire aux patrouilles. De toute façon, je n'aime pas me faire demander mes faffes. C'est pathologique.

— Moi non plus, dis-je. Barrons-nous.

Aussi bien, plus rien ne nous retenait dans la villa. Sur le point de la quitter, j'avisai un trousseau de clés accroché à un clou, près de la porte. L'une s'adaptait à la serrure ; la seconde, minuscule et plate, au verrou de sûreté placé au-dessus ; la troisième était celle de la grille. J'examinai ensuite le paillasson, humide de la boue que nous y avions déposée.

Nous sortîmes. J'ouvris et refermai la grille en essayant de ne pas ébranler la cloche, mais en vain. Elle était placée de telle sorte qu'il n'y avait véritablement pas moyen de ne pas la mettre en mouvement. Mais cette fois-ci, comme la précédente, le carillon n'attira personne.

Dehors, il pleuvait. Le temps de regagner la voiture et nous étions trempés. L'endroit n'était plus aussi désert. Roulant en direction de la ville, une longue théorie de véhicules militaires l'encombrait. Le rouquin grogna :

— Nous allons être faits comme des rats. Pas moyen de doubler ces gnares. Et ça dure parfois longtemps, ces défilés, j'aime mieux vous le dire.

Son pessimisme n'était pas fondé. A peine avait-il achevé sa phrase que l'auto de queue passa devant nous. La voie était libre. Le moteur de la camionnette tournait. Nous suivîmes, comme si nous faisions partie de la Werhmacht, mais à distance respectueuse. Il pleuvait de plus en plus.

— Ça dure depuis longtemps, cette saloperie de temps ? demandai-je. J'étais ici le 8. Il faisait frisquet, mais sec.

— Ça a commencé le 13, répondit le rouquin. Vendredi 13...

Il ricana :

— Un coup des Teutons ou du Bon Dieu, ça dépend des opinions politico-philosophiques.

CHAPITRE VII

HISTOIRE DE DANSEUSES

Devant des reliefs de repas, Rouget fumait une cigarette et conversait avec une gentille brune, lorsque nous arrivâmes au *Toufruit*. Il faisait la première chose avec nervosité et la seconde distraitement. Il commençait à s'inquiéter. A notre vue, il poussa un profond soupir de soulagement, son visage se rasséréna, et il reprit ses habituelles manières humoristiques.

— Je te présente Olga, fit-il en me désignant la brunette. C'est la danseuse en question dont tu n'as pas voulu tantôt.

— Vous n'êtes guère galant, rigola la brunette.

Le rouquin poussa une exclamation.

— Eh! glapit-il, je sais où je l'ai vu, maintenant, le macchabée.

— Quel macchabée? sursauta Rouget.

— Celui de tout à l'heure.

— J'ai amené ce jeune homme à la morgue, expliquai-je. Je commence à croire que ça n'a pas été inutile.

Rouget se leva.

— Ecoute, fit-il, nous étions ici bien tranquilles, à fabriquer nos bonbons, et voilà que les Allemands d'abord et Nestor Burma ensuite viennent nous enquiquiner. Avec ça, il flotte depuis quatre jours. Il ne nous manque plus qu'un bombardement et ça sera complet. Je me demande ce que nous avons fait au Bon Dieu.

— Ça va, ça va. Ne t'emballe pas. Je vais te mettre au courant. J'avais d'ailleurs l'intention de le faire.

— Vraiment ? gloussa-t-il. On a raison de dire que la guerre vous change un homme, hein ? Alors, vas-y.

Il se rassit. Je pris aussi une chaise et lançai un regard significatif vers Olga. Le rouquin l'attrapa au vol.

— Vous pouvez parler devant elle, m'informa-t-il. De toute façon, faudra que vous l'affranchissiez. Elle connaît Bernard.

— Elle conn... Ça alors ! Eh bien, eh bien, rigolai-je un peu nerveusement, c'est épatant, ce *Toufruit*. Je commence à croire que j'ai eu du nez de venir par ici, hein, les gars ? On y trouve tout à la demande. Y aurait-il aussi à boire et à manger ?

— C'est ça, acquiesça Rouget, avec un signe au rouquin, qui sortit de la pièce. Tu parleras la bouche pleine. Ce n'est pas très poli, mais nous n'avons pas de temps à perdre.

— Bon Dieu, non. Si tu savais comme ça va vite, tu en serais suffoqué.

Le rouquin revint avec une bouteille d'idem et quelques aliments. Il s'installa en face de moi et nous commençâmes à manger. Tout en mastiquant, et après leur avoir fait jurer le secret, je leur débitai un petit boniment, savamment entrelardé de vérités et d'omissions, un cocktail assez convenable, d'apparence honnête et de digestion facile. Récit et repas terminèrent *dead-heat*.

— Alors, comme ça, mademoiselle Olga, dis-je, en reprenant du vin, vous connaissiez ce Bernard ?

Elle me fit avaler de travers.

— Je connais aussi Jackie Lamour, fit-elle.

— Je te répète qu'Olga est danseuse, intervint Rouget. Elle fait partie des *Merlett's Girls*.

— J'en faisais partie, rectifia-t-elle, à mon intention.

Parce que, maintenant... Avec ce sacré couvre-feu, le taulier a bouclé sa boîte.

— On essayera de vous trouver autre chose, dis-je, magnanime et en vidant mon verre. En attendant, parlez-moi de Lamour et de Bernard-l'Ermite, ricanai-je, me sentant revivre.

— Eh bien, voilà, commença-t-elle, en dessinant avec son doigt des cercles sur sa cuisse. Bernard venait souvent au cabaret. Quand il n'y était pas comme client, il était dans la loge de Jackie. Ils paraissaient très liés...

Elle marqua une hésitation.

— J'espère que nous parlons du même type. Comment est-il, votre Beaucher-Bernard ?

Je le lui décrivis.

— Oui, c'est cela, approuva-t-elle. (Elle ajouta :)... un peu la figure d'un juif.

— Oui, dis-je en rigolant. La figure d'un juif.

— Pas d'erreur, dit le rouquin. C'est bien le type que j'ai croisé deux ou trois fois dans les coulisses du *Merle*, lorsque je venais te voir.

— L'identification est formelle, tranchai-je. Continuez, poupée.

— Eh bien, dit-elle, mais c'est tout. Je n'en sais pas plus que vous, sur ce Bernard. Sauf que ces jours derniers, il y a eu du pétard dans le ménage.

— Racontez-moi ça ? m'impatientai-je.

Et pour la faire accélérer, car elle paraissait savoir remuer moins vite son cerveau et sa langue que ses jambes, j'ajoutai :

— Je ne sais pas du tout dans quelle affaire je suis embringué, mais j'ai l'intuition qu'il y a pas mal de pognon au bout. Vous en aurez votre part ; de quoi vous acheter un orchestre personnel pour gambiller toute la sainte journée ou rouvrir le *Merle* à votre compte.

Elle embraya sur un rythme drôlement swing.

— Faut vous dire que Jackie est une teigne, toujours

en train de râler. Ce n'est même pas une mauvaise camarade. Ce n'est pas une camarade tout court. Les filles de mon espèce n'existent pas pour elle. Elle les dédaigne, faut voir comme. Bon. L'autre jour, le 7, elle attrape froid, fait son numéro en vitesse et plus tôt, à une heure où il n'y avait presque pas de clients dans la boîte et rentre chez elle. Le patron nous a engueulées comme si nous étions responsables du rhume de son étoile...

— Bernard était avec elle, n'est-ce pas ?
— Il ne l'a pour ainsi dire pas quittée. Ils sont partis ensemble... Le lendemain, Jackie n'est pas venue. Nouvelle engueulade du patron. Il était furibard car il craignait qu'elle soit allée chez un concurrent. Il avait fait prendre de ses nouvelles et elle n'était pas chez elle, paraît-il. Vous parlez d'une vie. Jusqu'au 10, ç'a été infernal. Enfin, ce jour-là, accalmie du côté directorial : la star était revenue. Elle était revenue, mais pas de bon poil, je vous l'assure. Elle n'a pas arrêté de râler...
— Elle râlait devant vous ?
— Non, dans sa loge, houspillant l'habilleuse et tout. Mais nos loges sont contiguës et les cloisons en papier à cigarettes. J'en avais les oreilles comme ça...
— Après qui ou quoi en avait-elle ?
— Pour la première partie, je n'ai rien retenu. C'était le grognement habituel, quoiqu'un peu plus violent et prononcé. Beaucoup plus, même. Oui, certainement. Elle avait l'air vraiment très à cran. Un véritable état de fureur. Il y avait de quoi, comme je l'appris par la suite, en me marrant bien...

A se remémorer la chose, elle frétillait d'aise.

— Qu'entendez-vous par première partie ? interrogeai-je.
— Première partie de ses récriminations. Car il y a eu une seconde partie, et c'est là que je me suis bien marrée. Quand je pense que j'aurais pu louper la

commande... Que je vous explique : mon travail terminé, ce soir-là, j'aurais pu rentrer immédiatement ici, mais ici, autant vous en informer charitablement, pour dormir comme il faut, c'est midi. Ceux qui ne ronflent pas discutent du matérialisme historique, et si on vient vous raconter que ce dernier truc endort plutôt, n'en croyez rien. Bref, ce soir-là, j'étais vannée. Je me dis que puisqu'on n'a plus besoin de moi, je peux roupiller dans ma loge jusqu'à la fermeture. A grommeler, Jackie faisait tout de même moins de bruit qu'un théoricien marxiste. J'éteins ; je m'étends ; je m'endors. C'est ma collègue qui me réveille, en accueillant à côté, par une espèce de cri, un type qu'elle appelle André. Il doit s'agir d'un de ses copains, toujours fourré avec elle et Bernard, un type louche genre nervi ou marché noir. J'ai entendu toute leur conversation, à quelques mots près. Jackie se croyait seule et la colère l'égarait. Elle n'élevait pas tellement la voix, mais, enfin, elle aurait pu la mettre davantage en veilleuse : « Vous tombez bien, qu'elle aborde le type. J'ai de drôles de nouvelles. Ah ! on peut dire qu'on a été possédés. Ce n'est pas le métèque qui m'a cambriolée, pour reprendre ce qu'il m'avait vendu, c'est Bernard. » D'entendre ça, je me tords. Jackie cambriolée par son plus ou moins amant, tableau céleste. « Bernard ? fait André. Mais il était avec vous ? » — « Possible, qu'elle siffle (une vraie vipère), possible, mais comment expliquez-vous qu'il trimbale les biftons qui ont été fauchés dans mon coffre ? » Ça ébranle le type et lui fait éructer une bonne douzaine de grossièretés maison. « Oui, fait Jackie. J'ai pris le thé avec lui et j'ai vu un de mes billets dans son portefeuille, quand il a réglé l'addition. » L'André objecte que des billets de mille, il y en a pas mal qui se ressemblent. Il se fait agonir. « D'ailleurs, qu'elle conclut, j'ai noté les numéros, parce qu'on ne sait jamais, et on verra bien si je me goure. » L'homme dit quelque chose que je ne comprends pas et, là-dessus, Jackie se calme un peu. La conversation se poursuit mais à voix basse. Je n'ai plus rien entendu. J'ai attendu qu'ils se débinent pour en faire autant... Et voilà. C'est tout. Ça vous a intéressé ?

— Considérablement, mon petit. Avant de débrancher, décrivez-moi un peu André, voulez-vous ?

Le signalement qu'elle me donna de l'acolyte de Jackie Lamour ne pouvait s'appliquer à aucune de mes connaissances. Je me mis debout.

— Merci, Olga. Vous êtes épatante. Laissez-moi vous embrasser.

— Oh! minauda-t-elle, je ne sais pas si je dois permettre... Un homme marié...

— Quel homme marié ? Ce n'est pas parce qu'on m'a traité de cocu que je suis marié.

— Et l'alliance alors ?

Elle désigna mon annulaire gauche. Je me mis à rire.

— Ce n'est pas une alliance. C'est une saloperie de bague qui tourne tout le temps...

Je remis le chaton à l'extérieur.

— Dans ces conditions... fit-elle.

Je l'embrassai et elle déclara, en se dégageant, que je n'étais jamais que le quinzième de la journée à lui lécher le museau. Encore une drôle de môme, quoi !

CHAPITRE VIII

TRAVAIL DU CHAPEAU

A peine allongé sur le matelas qui me tenait lieu de lit, dans le coin d'une vaste pièce où étaient entreposés d'odoriférants sacs de figues et de dattes séchées, j'allumai une pipe et entrepris de réfléchir.

Somme toute, je commençais à y voir un petit peu clair dans cet imbroglio.

Je ne croyais pas me tromper beaucoup en supposant que ça se présentait ainsi :

Bernard, qui n'était rien de ce qu'il m'avait dit, était un intime de Jackie Lamour, petite communiante plutôt louche. Celle-ci possédait des lettres dont l'autre voulait s'emparer, mais sans se mettre lui-même trop en avant. L'idéal était même de coller constamment à la danseuse, le jour où aurait lieu le chapardage des bafouilles, afin de se constituer un alibi parfait. Bernard faisait appel à Nestor Burma. Pourquoi à Nestor Burma ? Pour plusieurs raisons. D'abord, parce que je jouissais d'une renommée un peu spéciale. Le travail qu'il avait à proposer était bizarre et pas mal de mes collègues, moins casse-cou que moi, l'auraient refusé. Ensuite, j'étais à Paris, c'est-à-dire presque d'un autre pays, avec cette sacrée ligne de démarcation coupant la France en deux. La besogne accomplie et rentré chez moi, il pourrait bien se passer ce qu'on voudrait à Marseille, je n'en entendrais pas parler. Le raisonnement de Bernard, quoiqu'un peu hasardeux, n'était, toutefois, pas tellement maladroit. Et peut-être le Bernard n'avait-il pas le choix ou le temps de trouver autre chose. Car l'appel à mes talents prouvait indubitablement qu'il était seul, qu'à part Jackie Lamour et leurs amis communs, il ne connaissait personne susceptible de l'aider dans son projet. Il y avait bien Maillard, qui lui avait cédé son appartement afin de me recevoir hors de son domicile habituel — et cela, c'était une précaution prise autant à l'égard de la danseuse qu'au mien —, mais Maillard ne me paraissait pas capable d'autre chose que de prêter son appartement. Néanmoins, pour insignifiant qu'il parût, je me promettais de lui faire une visite matinale, à ce particulier amateur de mensonges. Il avait avec les autres une communauté d'allures mystérieuses demandant examen.

Pour en revenir à Beaucher-Barnabé-Bernard — triple B —, il me faisait faucher les lettres.

Les lettres !

Que représentaient-elles, au juste ? Il va sans dire que je ne les considérais plus comme de banales lettres d'amour. Sous les déclarations enflammées se cachait une proche parente de la dynamite, si j'en jugeais par les dégâts qu'elles avaient faits jusqu'à présent. Il était inconcevable que cette idée ne m'eût pas frappé dès la première minute. Les fenêtres cadenassées de la villa du Cap Croisette auraient dû éveiller mon attention. Et aussi les verrous, de pose récente, qu'il m'avait fallu faire jouer pour pénétrer dans la place. Sans les fausses clés colloquées par Triple B — et fabriquées par lui-même —, je n'aurais pu pénétrer. On ne prenait pas un tel luxe de précautions pour des lettres d'amour, même si elles étaient d'un bon rapport, rayon chansonnette. Je les avais lues et relues. Je tentai de me les remémorer, mais sans succès. Cet effet cérébral ne me fit pas avancer d'un iota. Je laissai tomber. C'était le plus sage. J'avais mieux à faire à voir si une certaine hypothèse cadrait avec les faits. Le souvenir des lettres, peut-être parce qu'elles étaient apparemment d'amour, entraîna toutefois ma pensée vers Hélène et je me promis de tranquilliser, le lendemain même, ma secrétaire sur mon sort par carte interzone.

Donc, une fois les lettres remises à Triple B, je prenais le train pour Paris. Ce train emportait un autre voyageur, le Croate Sdenko Matitch, me ressemblant physiquement et vestimentairement plus ou moins. Ce voyage était fatal au « métèque », comme aurait dit Jackie. Et alors, il me vint une drôle d'idée et mon instinct me souffla que c'était la bonne. J'avais d'abord supposé que Triple B m'avait dépêché un nervi, à titre de précaution supplémentaire, et que le nervi s'était trompé de cible, bref que le Croate avait été pris pour moi. Eh bien si, au contraire, *c'était moi qu'on ait confondu avec le Croate ?* Imaginons, pour la facilité du raisonnement que Triple B et Jackie soient en cheville avec lui. Cela pourrait expliquer l'accès d'hilarité du premier à ma vue et également que la danseuse ait imputé à Matitch le cambriolage. Entre mon irruption dans la pièce et le coup de poing que j'avais décoché à la mignonne, il s'était écoulé trop peu de temps pour lui permettre d'établir la différence entre Matitch et un vague sosie. En outre, je portais le chapeau rabattu sur les yeux. Oui, oui, ça m'avait l'air d'aller. Lorsque Jackie reprenait ses sens, elle était furieuse. Elle s'apercevait de la disparition des lettres. Bernard affirmait le contraire, mais je savais ce qu'il fallait penser des dires de cet oiseau. Elle constatait la disparition des lettres parce que c'était à cela qu'elle courait tout de suite, je n'en avais aucune preuve, mais je le sentais. Elle n'était pas dupe du cambriolage-alibi et elle décidait de se venger. Pouvait-on admettre que c'était elle qui avait descendu le Croate ? Pourquoi pas ? Ça ne coûtait rien et Jackie n'était pas chez elle la nuit du 8 et le 9 novembre, nuit de l'assassinat du Croate et jour suivant. De plus, d'après les constatations médicales, l'assassiné du train 108 avait tranquillement pris sa dose de face, comme si elle lui avait été administrée par quelqu'un qu'il connaissait et dont il ne se méfiait pas, au cours d'une conversation. Pourquoi tuait-elle le Croate ? Pour lui infliger une punition — cette Jackie me paraissait diantrement vindicative, susceptible, imperméable à une certaine forme d'humour et tout. Mais le vol de quelques billets de mille ne justifie par une aussi sévère sanction. Alors, c'était surtout pour lui reprendre son butin et l'empêcher de pouvoir ensuite rejouer au petit soldat. Voilà pourquoi Matitch était arrivé à Paris, mort et sans valise. Maintenant, pourquoi l'avait-on occis en zone occupée ? Jackie devait bien savoir où il habitait, à Marseille, connaître ses habitudes et ne pas manquer d'occasions de le supprimer. Eh bien, il fallait croire que l'occasion ne s'était pas offerte. A moins que... Plus j'allais et plus je me persuadais que ce paquet de lettres d'apparence anodine avec sa faveur noire et ses textes obscènes était quelque chose auprès de quoi la dynamite et l'électron réunis faisaient figure de farces et attrapes. L'assassin ne tenait sans doute pas à ce que le corps de sa victime fût découvert dans le voisinage de son champ d'activité. Là encore, la ligne de démarcation jouait son rôle de frontière, de cloison relativement étanche. Que la découverte ait lieu à Paris permettait de souffler. Et cela me fit penser que si la meurtrière ne voulait pas de la proximité du cadavre, elle n'avait pas dû l'accompagner jusqu'au terminus. Le crime accompli, elle avait dû descendre en cours de trajet. Je me rappelai la Haute-Futaie, cet endroit de la ligne bien connu des habitués, où le train ralentissait toujours depuis plusieurs mois. Il n'était pas exclu qu'elle connût cette particularité. La mignonne, qui avait dû prendre le train 108 au débotté, devait posséder un laissez-passer permanent, le modelé de ses cuisses lui facilitant l'obtention d'un pareil document. Elle était danseuse, donc souple et agile. Elle avait pu quitter le train en marche, quand il modérait son allure. Elle avait peut-être un repaire, dans le coin. Une planque où elle se tenait présentement, puisque la dernière fois que je l'avais aperçue c'était en zone occupée. Et c'est là-bas que je devrais évoluer, au lieu d'échafauder des théories, allongé sur un matelas rembourré d'oursins, dans un angle du *Toufruit,* à Marseille, si je n'avais pas été impatient d'interviewer le faux Beaucher. Seulement, à l'époque, je croyais que ce Beaucher avait voulu me jouer un tour vraiment sale. Et ensuite, après l'intermède de la clinique, j'avais été d'autant plus pressé de le rencontrer que j'espérais lui arracher, de gré ou de force, des tuyaux sur cette Jackie Lamour, dont l'activité nocturne revêtait les plus excitantes apparences. Et j'arrivais à Marseille, et j'apprenais qu'il ne logeait pas où nous nous étions rencontrés, ce qui, dans un sens, me plaisait, car cela justifiait mes soupçons sur l'étrange personnalité du type, et je découvrais son vrai domicile, et pour aboutir à quoi ? Pour buter sur son cadavre, pour m'apercevoir qu'un autre m'avait devancé, posant aussi des questions et distribuant en outre, en fin de séance, du cyanure sans ticket. Parce que, hein, je vous en , prie : l'étoile jaune, le désespoir, le sale juif, Darquier de Pellepoix et Hitler, tout ce bric-à-brac du nazisme ambulant, marché aux puces de la terreur panique, foire aux croûtes des tableaux d'horreur, si vous voulez repasser, je vais faire chauffer le fer. Triple B avait bel et bien été trucidé, en beauté, comme une reine, j'avais flairé cela tout de suite, et Olga m'avait fortifié dans cette opinion, m'aiguillant même sur les coupables possibles.

D'après la petite girl, Jackie Lamour avait réintégré le *Merle*, le 10, plus ronchonneuse encore que de coutume. On pouvait attribuer cet état coléreux à deux raisons, sinon trois. Primo : elle n'avait rien trouvé, et pour cause, dans le bagage du Croate. Secundo : l'annonce de ma mort lui avait fait entrevoir que le véritable cambrioleur pourrait être Nestor Burma, sosie de Matitch. Bien entendu, elle n'ignorait pas qui elle avait tué, n'était pas dupe, mais se demandait, non sans inquiétude, la signification exacte de cette comédie. Tertio : elle découvrait en Bernard un artisan du vol, puisqu'elle le surprenait en possession de billets provenant du coffre forcé. Contrairement à ma suggestion, Triple B n'avait pas tenté de restituer en douce le fruit de mon larcin. Je le comprenais un peu. C'eût été utile au cas où Jackie eût eu l'intention de porter plainte, mais on pouvait parier une place de cochon à l'engrais contre celle du ministre du Ravitaillement qu'elle s'était bien gardée de cette formalité et que le pseudo Beaucher savait qu'elle s'en garderait. J'avais été un peu naïf d'envisager un comportement différent. J'avais pour excuse qu'à l'époque, la coriacité de ces paroissiens m'était moins évidente. Entre parenthèses, je me demandai quelle particularité pouvait bien offrir ce fameux billet de banque révélateur pour que la danseuse le discernât, comme ça, d'emblée, au milieu d'autres. Je ne me le demandai pas longtemps, car je décidai de ne pas me casser la tête là-dessus et de poursuivre mes spéculations, ces dernières étant suffisamment absorbantes.

De l'entrée en scène — sous forme d'usurpateur d'identité de cadavre —, de Nestor Burma et de la découverte de la duplicité de Bernard, Jackie en conclut que ce dernier, convoitant les lettres — d'une autre calibre décidément que celles qu'écrivit Mme de Sévigné, un calibre blindé pour ainsi dire —, a fait appel à la complicité du détective privé, que c'est celui-ci qu'elle a pris pour Matitch et que, par conséquent, les lettres qu'elle est allée chercher bien loin et au prix d'un meurtre, sont chez Bernard. Dans ces conditions une petite visite à Bernard s'impose, ne serait-ce d'ailleurs que pour s'assurer qu'elle n'a pas fait erreur au sujet du billet de mille.

Certes, je n'avais aucune preuve quant à l'identité des acteurs du drame de la villa isolée de Saint-Barnabé, mais, pour ce qui était du drame lui-même, je me le représentais assez bien d'après mes diverses constatations.

D'abord, le suicide n'avait jamais été flagrant pour moi, à cause de quelques détails :

a) Presque pas de poussière sur les parquets et les meubles. Alors que, dans la maison, tout crie le vieux garçon, c'est-à-dire exige au moins un peu de poussière, il est impossible d'en découvrir un grain. Compte tenu de la proximité d'une voie ferrée, c'est prodigieux. Les candidats au suicide ont beau parfois se livrer, au moment de l'exécution de leur fatal projet, aux actes les plus extravagants, je voyais mal Triple B qui, si j'estimais authentique — ce dont j'étais très loin —, la lettre de menace trouvée fort opportunément sur lui, a agi sous l'impulsion de la terreur panique, faire son ménage avant d'avaler la mortelle tablette. Cette propreté suspecte était la preuve que des gens étaient venus et avaient soigneusement effacé les traces de leur passage.

b) Les portes n'étaient pas fermées à clé. Les criminels étaient partis sans fermer à clé. La disparition des clés eût réduit à néant leur mise en scène.

c) L'ignition interrompue de la robe de chambre n'était pas naturelle. Le vêtement était d'un tissu qui aurait dû griller jusqu'au bout et engendrer fatalement un début d'incendie.

Ceci constaté, je voyais ainsi la scène :

On ligotait le patient de façon à ce que les liens ne meurtrissent pas les chairs. C'était faisable en isolant les cordes par des tampons de linge. Ensuite on demandait bien gentiment à l'immobilisé ce qu'il avait fait des lettres. Il ne répondait pas et on lui grillait légèrement les pieds. La môme Terpsichore appellerait cela : la danse du feu. Il gueulait un petit peu plus que si on les lui avait chatouillés avec une plume de paon, mais la situation isolée de la villa et le seul voisinage d'une sourde permettaient ce genre de jeu sans désagrément. Triple B parlait ou ne parlait pas, ma science n'allait pas jusque-là. En fin de compte, pour le récompenser de son attitude, quelle qu'elle eût été, on lui donnait un bonbon au cyanure.

Les assassins débarrassaient le cadavre de ses liens (qu'ils emportaient), et lui disposaient les pieds dans le foyer, comme s'il y était tombé lui-même au cours des convulsions. Les traces des tortures disparaissaient alors sous l'effet de brûlures post-mortem. On complétait en faisant consumer un pan de la robe de chambre, juste ce qu'il fallait pour parachever la mise en scène, croyait-on, et en glissant dans la poche du décédé le « mobile du suicide », c'est-à-dire la lettre anonyme et l'étoile jaune. Ensuite nettoyage de toute la maison. Peut-être même si Triple B n'avait rien dit, fouillait-on partout. Avec la pagaille régnant déjà, il était difficile de s'en rendre compte. en tout cas, si on avait fouillé, ç'avait adroitement été fait. Bref, tout avait été combiné pour que les constatations permissent une reconstitution du genre de celle que j'avais esquissée en présence du rouquin. Le cadavre découvert, l'enquête serait vite close. Un suicide de juif de plus. Pas de quoi s'alarmer. Comme dans l'affaire du Croate, ça donnait aux assassins le temps de souffler.

Maintenant, Triple B avait-il ou non parlé, c'est-à-dire dévoilé l'endroit où il avait garé les lettres, car c'était incontestablement cela l'enjeu tragique ? Je n'en savais rien.

Un autre point, et pas le moins obscur, était l'enlèvement du fou par Jackie Lamour. Les deux affaires étaient-elles liées ? Si au moins j'avais su exactement qui était Fernèse.

Phénomène assez compréhensible, j'en arrivais à soupçonner tout le monde d'user de fausses identités. Il faut dire que, de tous les acteurs de ce drame, il y en avait déjà un certain nombre qui ne naviguaient pas sous leur véritable pavillon. A commencer par Nestor Burma qui s'appelait Martin. Quant à Beaucher, il était Bernard — ce n'était peut-être pas limitatif —, et Jackie Lamour devait être un nom de théâtre. La petite girl elle-même avouait un prénom plus admissible dans un roman populaire que dans la réalité. Personnellement, je n'ai jamais connu de femmes qui s'appellent *vraiment* Olga. En somme, jusqu'ici, il n'y avait que Rouget à offrir son vrai état civil et encore, il s'accordait si peu avec son physique qu'on était tenté de le prendre pour un pseudonyme. Et Maillard ? S'appelait-il Maillard ?

Maillard et Olga se mêlèrent un peu dans mon esprit et comme, à ce moment, j'étais en train de tripoter machinalement cette bague qui tourne toujours autour de mon doigt, il me vint une de ces idées qualifiées de drôles, sans doute par antiphrase. Car, si je ne faisais pas erreur, cette idée marrante n'était pas du tout marrante pour Maillard. Et la grosse cloche de la villa de Saint-Barnabé, cette cloche qui m'avait intrigué, me fit presque conclure que Triple B n'avait rien dit et que le dénommé Maillard allait savoir ce qu'il en coûte d'avertir imprudemment les Don Juan, ou soi-disant tels, de l'arrivée probable d'un cocu. Je me promis de vérifier mes soupçons le lendemain, dès la première heure.

Peu à peu, je sombrais insensiblement dans le sommeil et toutes sortes d'images défilaient devant mes yeux comme sur un écran. Je revis Hélène et je me demandai s'il était prudent de la charger d'enquêter sur Victor Fernèse. Et d'ailleurs dans quelle direction l'aiguiller ? L'envoyer rôder autour de la clinique de Delan ? C'était cela, le chiendent dans ma situation. J'étais traqueur et traqué à la fois et je manquais d'aisance dans mes mouvements. Et devais-je compromettre une jeune fille dans ce micmac pas ordinaire ? On m'avait chargé de récupérer des lettres. Je l'avais fait. Pour prix de mes services, on m'avait allongé trente mille francs. C'était bien payé. Le plus sage était de laisser choir. Par association d'idées, je pensai au billet de banque qui avait trahi Triple B. Qu'avait-il de si particulier ? Je fis un tel bond sur mon matelas, que je me cognai la tête contre un sac de figues. Eh bien, eh bien, je te crois, Burma, qu'il fallait laisser tomber ! Les billets pris chez la danseuse, je les avais mêlés aux miens et au moins un était resté en ma possession et c'était celui que j'avais colloqué à Boris, le maquilleur de cinéma. Et quelle caractéristique offrait ce billet ? Il était coupé en deux et rafistolé avec du papier collant. Coupé en deux, proprement, aux ciseaux, eût-on dit, je m'en souvenais maintenant. C'était d'une pratique courante dans un certain milieu. On vous donnait la moitié des billets constituant la somme à laquelle on estimait le prix d'une mission, avant l'exécution de cette mission, et l'autre moitié lorsque la mission avait été menée à bien. Cela se pratiquait ainsi dans tous les services secrets. Sur le moment, je n'avais prêté aucune attention à l'aspect de ces billets — tous ceux qui sont en circulation étant malpropres —, mais à présent avec tous ces meurtres, l'optique était différente. Service secret ? Très peu pour moi. Oui, il fallait laisser choir et en vitesse.

Cette révélation et cette décision produisirent sur mon organisme surexcité l'effet d'un soporifique. Je m'endormis comme une masse.

CHAPITRE IX

RUE TRANQUILLE

Mes nerfs ne me permirent pas un repos très prolongé. J'ouvris les yeux à 6 heures 30. Je bourrai une pipe et la fumai lentement, histoire de m'éclaircir les idées. Je me mis sur mon séant et recommençai à réfléchir. Sans avoir envie de danser le charleston, j'avais tout de même un peu moins les jetons que la veille. Si cette affaire ressemblait de plus en plus à une poudrière hantée par un groupe d'ivrognes porteurs de flambeaux à flamme nue, il fallait convenir toutefois qu'elle était fichtrement intéressante pour un artiste dans mon genre. Je me répétai cela pendant une bonne demi-heure, puis je me levai. Des types allaient et venaient dans la maison. Ils m'indiquèrent où je pouvais procéder à mes ablutions. Ma toilette faite, je montai voir Rouget.

— J'ai l'intention de remonter à Paris le plus tôt possible, exposai-je. En fraude, bien entendu. Tu dois bien connaître une combine. Celle que j'ai utilisée pour venir ne me semble plus praticable...

Il connaissait une combine. Mais elle ne fonctionnait pas comme ça, à la demande. Si je voulais patienter jusqu'au soir, il me fournirait une adresse sûre. Sur cette promesse, je sortis me promener. Il ne pleuvait plus. Le soleil risquait même de timides apparitions, combattant imparfaitement un mistral plutôt moche. Je m'interrogeai pour savoir si j'écrivais à Hélène et décidai que c'était inutile puisque je retournais incessamment à Paris. J'entrai dans un bistrot.

J'avais beau faire, tenter par exemple de suivre la conversation de mes compagnons de comptoir ou la partie de zanzi qu'ils disputèrent ensuite, je n'arrivais pas à distraire mon esprit de cette histoire de lettres. Je me les remémorais du mieux que je pouvais sans rien distinguer d'extraordinaire à leur texte. Peut-être, après tout, ne constituaient-elles qu'un bluff et le véritable enjeu de ce carnage résidait-il ailleurs ? Je fis des vœux pour que vraiment elles eussent l'importance que je leur accordais. J'y tenais, d'abord parce que mon ébauche de théorie était basée sur elles, et ensuite pour une autre raison.

Au troisième vin blanc, je me dis que s'il existait un cinéma permanent, j'y entrerais volontiers pour y passer la journée en père peinard. Je déambulai de droite et de gauche, à la recherche d'un établissement de ce genre. Sans succès. Je croyais au Père Noël, pour sûr, ou j'avais oublié cette cochonnerie de guerre. Plusieurs fois, je fus sur le point de rendre visite à M. Maillard. A chaque coup, je me rappelai ma promesse de ne pas jouer avec le feu. Et puis... Bon sang, Nestor Burma ne s'est jamais dégonflé. D'ailleurs, quand j'en vins à cette conclusion, j'étais dans la rue où demeurait Maillard. Mes bonnes vieilles guibolles m'y avaient conduit toutes seules. Et on dira après ça que ce qui meut les détectives privés de mon genre, c'est le cerveau...

Personne ne répondit à mon coup de sonnette. Je récidivai pour un résultat identique. En secouant la porte, je constatai qu'elle était fermée à clé. Travailler un peu la serrure ne devait pas être sorcier, mais je remis cet exercice à plus tard. Je redescendis.

La concierge, tapie dans le fond de sa loge lorsque j'étais monté, mouillait à présent le vestibule pour faire croire qu'elle le lavait. Je lui demandai des nouvelles de son locataire. Elle me répondit ne point l'avoir vu sortir... ni entendu rentrer cette nuit, d'ailleurs. Il avait dû être surpris par le couvre-feu, amené au poste et y être encore.

Ayant des vérifications à effectuer à Saint-Barnabé, je revins au *Toufruit* emprunter un vélo. J'avais compris que j'étais dans le bain et que ça ne me servirait à rien de m'enfouir la tête dans le sable. Dangereuse ou non, cette affaire me passionnait. Autant la suivre jusqu'à ce que je récolte un mauvais coup. A ce moment, j'aurais au moins une bonne raison d'abandonner. Et c'est ainsi ruminant que je parvins au chemin aux trois villas, dont une tragique.

L'endroit n'était guère plus agréable en plein jour qu'entre chien et loup ou à la nuit close. C'était toujours aussi sordide et bruyant du trafic ferroviaire. Ça empestait aussi violemment la poussière de charbon et la fumée. A cette atmosphère viciée pouvait bien, sans danger qu'aucun nez s'en offusquât, se mêler une odeur de chair grillée. Sur le rebord d'une des fenêtres de la petite maison occupée par la vieille sourde, un chat lustrait sa fourrure d'une langue agile. De temps en temps, le sifflet strident d'une locomotive faisait frissonner l'animal. La maisonnette était dépourvue de clôture. La porte donnait directement sur le chemin. Je m'approchai et frappai. La vieille m'ouvrit.

J'entrai expliquer mon affaire à l'intérieur, ne voulant pas qu'on entendît ce que j'avais à demander à un kilomètre de distance. La pièce était sommairement meublée, pauvre mais propre. Sur un buffet, trônaient deux photos d'hommes assez jeunes, se ressemblant entre eux et rappelant aussi certains traits de la vieille femme. Nous eûmes une conversation plutôt laborieuse, d'où je sortis enroué, mais avec un joli petit lot de renseignements.

Je me donnai pour un copain de Triple B, un Parisien fraîchement débarqué. Nous devions nous rencontrer chez Triple B avec des amis communs et filer à Cannes, et voilà que personne ne répondait à mes coups de sonnette. Evidemment, j'étais un peu en retard au rendez-vous, avec toutes ces tracasseries pour passer la ligne...

La vieille débuta par un panégyrique de Bernard, un voisin tout ce qu'il y avait de gentil. Absent depuis quelques jours, en effet. Il avait eu de la visite, récemment. Quand? Eh bé, c'était le jour où Minou avait encore fait une escapade. Ce Minou, c'était un vrai frottadou et elle avait été obligée de courir après le chat, comme hier, d'ailleurs. Ça expliquait qu'elle ait vu les gens, car elle sortait rarement de sa cuisine. C'était le 12, à la tombée de la nuit. Pas d'erreur sur la date, c'était le dernier jour qu'ils avaient eu de beau, à Marseille. Pour un pays de soleil, vé!

— Ce devait être mes amis, dis-je. Il y avait une femme, n'est-ce pas?

— C'est ça même, moussu. Ils étaient trois. Deux messieurs et une dame. Ça faisait presqu'une foule, dans cette rue. Pensez, une rue si tranquille, où personne ne passe jamais. Un cul-de-sac, qu'on appelle. Il n'y a que M. Bernard et nous à y habiter. Et M. Bernard ne reçoit pas. Et qui viendrait visiter la maison à côté? Elle est à louer, mais tout le monde sait bien qu'elle tombe en ruine, avec des trous dans le toit, les plafonds, les planchers, les murs et partout. Et puis, dans ce quartier... Les réfugiés préfèrent coucher à cinq dans une chambre d'hôtel ou sur le terre-plein derrière la Bourse que venir se perdre ici, au bout du monde, c'est le mot. Nous, c'est différent, il y a trente ans qu'on est là. On s'y est fait...

Je profitai de ce qu'elle reprenait sa respiration pour en revenir aux visiteurs du 12.

— Si vous me les décriviez, suggérai-je, je pourrais mieux me rendre compte s'il s'agit de mes amis.

La vieille se gratta l'oreille et hocha la tête.

— Euh... la nuit tombait et je n'ai plus mes yeux de vingt ans. Je ne peux pas vous dire comment ils étaient faits, vos amis, si c'étaient eux. La dame avait l'air d'une gravure de mode, c'est tout ce que je peux dire...

« Ouais, pensais-je, elle t'a fait l'effet d'une « créature », mais comme c'est une de mes « amies », tu n'oses pas lâcher le mot. Cela ne fait rien. C'est Jackie Lamour que tu as dû voir, le soir du 12. »

A voix haute, je me déclarai convaincu de l'identité des visiteurs. La vieille me dit alors qu'un autre monsieur était venu la veille. C'était peut-être aussi une de mes connaissances ? Il s'était placé dans la lumière de sa porte pour écrire sur un calepin et elle avait remarqué qu'il portait une drôle de barbichette. Je répondis que je ne voyais pas. L'entretien était terminé, je me dirigeai vers la porte. A la hauteur du buffet, je m'immobilisai et désignai les photos.

— Vous avez là de bien beaux gars, madame. Je suppose que ce sont vos fils.

— Tout juste, moussu, fit-elle, flattée. Le plus vieux est marié. Il est prisonnier. L'autre, Jean, a réussi à ne pas se faire prendre. Il reste avec moi. Il travaille. Heureusement, parce que je me demande comment j'y arriverais, toute seule. La vie est tellement dure, de nos jours.

— Il a un métier ?

— Pas trop mauvais, mais c'est quand même pas le Pérou. Il est chez Daumas-Aragno, à la Joliette.

J'ignorais qui étaient Daumas-Aragno, mais je savais où se plaçait la Joliette.

— Une sacrée trotte, dis-je. Evidemment, il a un vélo.

La sourde se récria.

— Un vélo ? Non, il va à pied jusqu'au tram, et ce n'est pas tourné le coin, j'aime autant vous le dire. Et quand il est de nuit, il fait tout le trajet à pied, dans un sens ou dans l'autre. Un vélo, ça coûte les yeux de la tête... quand on en trouve. Non, il n'a pas de vélo.

— C'est un bon petit gars.

— Oh ! pour ça, oui, moussu.

— Eh bien, madame, je vous remercie. C'est bien regrettable que mes amis ne m'aient pas attendu. Ils ne sont pas chics. Tant pis. J'ai bien envie de les laisser tomber à mon tour. En attendant, je vais me balader un peu dans le coin. Ça m'a l'air pittoresque.

— Bien de trop, lança-t-elle, se méprenant manifestement sur le sens du mot « pittoresque ».

— Puis-je vous confier ma bicyclette ?

— Certainement. Mettez-la dans le petit appentis. Vous la prendrez quand vous voudrez.

La pipe au bec, j'allai jusqu'au bout du chemin. Le mur qui le barrait était à moitié éboulé. La vue embrassait un paysage désolé. Je le contemplai un instant, revins sur mes pas, passai à travers la brèche d'une palissade, et trébuchant sur les objets les plus hétéroclites, pris de flanc la fameuse maison à louer tombant en ruines. Le fait est que sous le soleil elle avait plutôt sale allure. Trois fenêtres s'ouvraient sur le côté : deux à l'étage et une au rez-de-chaussée. Cette dernière avait ses volets clos. Ils étaient métalliques et paraissaient solidement assujettis. Il n'en allait pas de même à l'étage. La première fenêtre était veuve d'une partie des contrevents. Ceux de la deuxième fenêtre gisaient au pied du mur. Partout, les vitres étaient brisées.

Je fis le tour de la bâtisse et me trouvai devant une porte pleine. Elle n'était pas fermée. Elle s'ouvrit sous ma poussée, et j'accédai à une cuisine non meublée. Ça ne sentait pas le renfermé, mais, comme dehors, la fumée et le charbon. La fenêtre était ouverte à l'intérieur et l'air pénétrait par les fentes des volets clos. Le plafond s'écaillait et des platras jonchaient le carrelage. Je refermai la porte sur moi, allumai ma lampe de poche et passai dans un couloir. Un papier pisseux, décollé par l'humidité, pendait çà et là le long des murs. Le sol était poussiéreux, avec, semblait-il, de la boue par endroits.

Je me mis à siffloter et me décernai des félicitations. Il y avait, dans la poussière et la boue, d'indéniables traces de pneus de vélo. Je les examinai attentivement.

En me redressant, le rayon de ma lampe arracha un reflet métallique à un objet placé sous l'escalier qui s'amorçait à l'extrémité du corridor. Je m'approchai et reconnus une bicyclette boueuse et hors d'usage, à la roue voilée ; une machine endommagée comme à la suite d'une chute. Le dessin des pneus ne correspondait pas à celui dont la poussière gardait l'empreinte.

Faisant gémir l'escalier sous mon poids, je le gravis et faillis passer au travers, une marche manquant. Le palier, éclairé par une tabatière, s'ornait de trois portes branlantes. Celle du milieu défendait, — mal —, un réduit qui avait dû former cabinet de débarras. La pièce de droite était obscure et exhalait un violent remugle. Ma torche électrique m'apprit qu'elle était vide. Je passai dans celle de gauche.

C'était celle dont, en prenant la maison de flanc, j'avais aperçu les fenêtres. Outre les deux déjà mentionnées, elle était percée d'une troisième, ouvrant directement sur la villa de Triple B. Cette fenêtre n'avait plus ni vitres ni volets, mais des planches l'obstruaient. Il y avait toutefois entre chaque planche un interstice suffisant pour ne rien perdre de ce qui se passait dans la rue, au cas où un petit curieux eût voulu faire de cet endroit un poste d'observation. Et je crois bien que c'était le cas car, dans cette pièce où ma lampe était désormais inutile, la lumière du jour entrant à flots par les fenêtres latérales, je vis dans un coin, à même le sol, des boîtes de conserve et quelques bouteilles de vin, des vides et des pleines. Un peu plus loin, on remarquait un grabat, fait de vieux journaux et de couvertures. Et, entre les provisions alimentaires et cette grossière couche, parmi la saleté et les cendres de cigarettes, à côté d'un foulard de soie et un grand mouchoir noués ensemble.

... Eh bien, je m'attendais à peu près à tout ce que j'avais constaté jusqu'ici, mais pas à ce supplément au programme ; c'est-à-dire que je ne m'attendais pas à trouver le type ici.

Un homme était étendu, des liens aux poignets et aux chevilles, les vêtements souillés, les mains et le visage guère plus propres, avec de la boue jusque dans le collier de barbe.

M. Maillard en personne, raide comme un morceau de bois.

La sourde avait raison. Pour une rue tranquille, c'était une rue tranquille. Je ne connaissais même véritablement que la morgue pour rivaliser de tranquillité avec cette rue.

CHAPITRE X

MONDANITES EN TOUS GENRES

Avec prudence, je me livrai à l'examen du cadavre. Je le fouillai. Ses poches ne contenaient ni papiers ni argent. Lui soulevant la tête par les cheveux, je remarquai à la base du crâne une contusion vraisemblablement produite par un violent coup de matraque. Comprendre ce qui s'était passé n'exigeait pas des dons exceptionnels.

Maillard avait été attaqué, ligoté, bâillonné, amené ici, et comme son agresseur se souciait peu de lui rendre sa liberté d'élocution — à cause des voisins dont il devait savoir que le fils, pas du tout sourd comme la mère, était au logis —, il lui avait laissé, sinon renforcé, le bâillon constitué par le foulard de soie et le mouchoir. Cette précaution avait été fatale à la victime qui était morte suffoquée. « Par occlusion de l'orifice des voies respiratoires », ainsi s'exprimerait le médecin légiste. Ce fâcheux événement était survenu au cours de la nuit, il y avait environ neuf-dix heures, à en juger d'après la rigidité cadavérique.

Pourquoi avait-on attaqué Maillard ?

C'était encore très simple. Parce qu'il avait sonné chez Triple B. Depuis l'interrogatoire, suivi de mise à mort, de celui-ci — interrogatoire infructueux, j'en avais la ferme conviction —, un membre de la bande des tortionnaires avait été laissé en faction dans la maison inhabitée qui se prêtait admirablement à cet office. L'homme avait pour mission de guetter les visites éventuelles d'individus inconnus de la bande, et de pister, à toutes fins utiles, ces visiteurs, susceptibles de complicité dans les entourloupettes de Triple B. C'est pourquoi on avait remplacé l'ancienne cloche de modèle courant par une autre, plus bruyante, fixée de telle façon qu'on ne puisse pas ouvrir la porte sans l'ébranler et destinée à alerter le guetteur si, par hasard, il prenait quelque repos à ce moment.

Hier, Maillard était venu et la sentinelle s'était aussitôt lancée à sa poursuite. C'était le cycliste qui nous avait frôlés, le rouquin et moi. Et sa bécane était celle qui était restée longtemps dans le couloir du bas, prête à servir. Le vélo endommagé était celui de Maillard, ramené ici avec le corps de son propriétaire. Comme la nuit était déjà obscure, le fileur avait craint de perdre la piste du filé. Il avait alors jugé préférable de s'assurer immédiatement de sa personne. Il y avait gros à parier que depuis le 12, date de la mort de Triple B, il n'était venu personne chez le mort et le guetteur ne voulait pas courir le risque de laisser échapper l'unique visiteur. Il avait dû plutôt éprouver une drôle de surprise, au réveil, lorsqu'il s'était aperçu des conséquences du renforcement du bâillon. A présent, s'il espérait soutirer quoi que ce soit du prisonnier, c'était midi. L'absence de papiers dans les poches du mort laissait supposer que le truand trop précautionneux était allé, muni du portefeuille de la victime, « rendre compte » à quelqu'un de plus intelligent que lui.

Décidément, cela devenait de plus en plus passionnant. Mais de plus en plus dangereux aussi. La vie avait l'air de compter pour rien dans cette combine. L'enjeu de la partie devait être considérable et avec des partenaires pareils, un revolver n'était pas superflu. C'était même un ustensile indispensable et je regrettai amèrement l'absence d'arme dans ma poche. Pour passer la ligne, j'avais préféré m'en démunir et, maintenant, je me sentais tout nu. Le fait que le locataire clandestin de cette baraque croulante ait tout laissé en plan laissait prévoir un retour probable. Je n'aurais pas été hostile à une conversation, que je présumais instructive, avec ce coco. Un revolver aurait fait une bonne entrée en matière et facilité l'échange de propos. Mais puisque je n'avais que ma pipe et ignorais si le personnage ne faisait pas deux mètres de haut et trente kilos de plus que moi, mieux valait vider les lieux prudemment, quitte à revenir avec ce qu'il fallait. C'était bien le diable, si au *Toufruit,* où on ne paraissait pas tellement respectueux des lois, je n'arrivais pas à me procurer un canon, un lance-flammes ou un tank léger.

Cette décision prise, j'adressai un salut goguenard à M. Maillard qui, s'il ne m'avait pas mené en bateau, serait encore de ce monde — preuve qu'il ne faut jamais mentir —, et passai sur le palier. C'est alors qu'un bruit de conversation provenant du rez-de-chaussée parvint à mes oreilles. Des types, que je n'avais pas entendus pénétrer dans la maison, me barraient le chemin. Les voix devenaient plus distinctes. Les hommes allaient monter. Je cherchai un refuge des yeux. Les pièces non meublées n'offraient aucune protection. En désespoir de cause, je poussai la porte de l'espèce de cagibi de débarras. Elle produisit un bruit épouvantable et je commençais à me dire, en transpirant abondamment, que le petit Nestor Burma filait un mauvais coton, lorsqu'un autre bruit, plus violent et accompagné de jurons, fit à la fois écho au grincement des gonds et le couvrit. Par la grâce de la marche manquante, un des intrus, peu familiarisé avec le caractère music-hall de la maison, venait de se répandre dans l'escalier. Ma présence n'était pas trahie. Je soupirai de soulagement.

Mon asile était obscur mais pour ce que j'avais à fiche de la lumière c'était sans importance. Je n'étais pas là pour lire le feuilleton du *Petit Marseillais*. La porte fendillée me permettait de voir sur le palier, et la cloison de droite, celle qui me séparait de la pièce dont M. Maillard était l'hôte tranquille, ne devait pas excéder un centimètre d'épaisseur. Pas un mot ne m'échapperait d'une conversation tenue de l'autre côté. A défaut d'arracher par la violence des secrets aux deux hommes, je pourrais peut-être faire mon profit de ce qu'ils allaient dire. Car ils étaient deux. Ils stationnaient à présent sur le palier et je les avais dans mon champ visuel.

Ils ne se laissèrent pas détailler complaisamment, car ils passèrent presque tout de suite en présence du macchabée, mais pour fugitif qu'ait été leur passage devant la fente où je tenais mon œil collé, je pus constater qu'ils arboraient ce genre de bobines que l'on préfère savoir sur les épaules des autres que sur les siennes propres, lorsqu'on a envie de faire le joli cœur à la sortie d'un lycée de jeunes filles. Ils manquaient du plus élémentaire sex-appeal, du moins pour l'instant. Leur faciès exprimait chez l'un et chez l'autre un profond embêtement, s'aggravant chez le second d'une coquette dose de colère. Celui-ci était l'acrobate de l'escalier, qu'il traitait comme il n'est pas permis de traiter un escalier, même le plus traître, tout en époussetant énergiquement son raglan demi-saison de bonne coupe et son pantalon, plutôt pâle des genoux après la chute. C'était un individu massif, qu'à la rigueur j'aurais bien tenté d'attaquer par-derrière, à condition d'avoir en ma possession un marteau à frapper devant, et pas seulement par goût du paradoxe. Son compagnon, l'hôte habituel de ce lieu, portait casquette claire et devait être de ma catégorie, question poids.

— Voilà l'oiseau, annonça le responsable du triste

sort de M. Maillard, en désignant vraisemblablement le corps. Tu vas encore râler que ce n'était pas nécessaire de faire tout ce chemin pour l'admirer, mais j'ai tenu à ce que tu le voies...

— Ouais, grogna l'autre. Evidemment, on ne sait jamais, mais je crois, en effet, que ce n'était pas la peine que je vienne me casser la gueule ici pour contempler celle de ce macchab. C'est la première fois que je le vois, moi aussi.

— Moi, je pense, appuya le manieur de matraque, qu'il n'a pas une tête à être de mèche avec Bernard. Vise-le. Crois-tu qu'il ferait du mal à un train de marchandises ou à un lion ?

— Certes, il lui donnerait plus volontiers un morceau de pain qu'un coup de pied, mais tous les morts ont cet aspect inoffensif. Enfin, à première vue, soit. Je me range à ton avis. Il ressemble plutôt — et de son vivant ça devait être du kif —, à un moulin à vent qu'à un affranchi...

— Et chez lui, c'est pareil. Ça pue l'honnêteté et la vie tranquille à une lieue...

— Ah ! oui, c'est vrai, ricana l'autre. J'oubliais cette initiative.

— Oh ! ça va, Dédé. Ne te fous pas de moi. Attends que Jackie soit là pour l'ouvrir. Tu estimes peut-être qu'il n'y a que toi qui puisses en prendre, des initiatives ? J'avais l'adresse et les clés de la piaule du type. Je n'allais pas attendre que tu en aies terminé avec la négresse pour aller y jeter un coup d'œil.

— Si ce matin, tu ne m'as pas trouvé chez moi, siffla Dédé (sans doute l'André signalé par la petite Olga), je n'étais pas chez une négresse, mais en train de me faire presque engueuler par le grossium attendu. Il est arrivé cette nuit et, en rentrant, j'ai trouvé un mot me demandant de le contacter tout de suite. C'est un mec pressé.

— Ah, il est là ?

— Oui, mon vieux Paulot. Il est descendu au *Moderne,* incognito, comme bien tu penses. Ça lui est facile : il jacte un français sans accent. Je te dis cela parce que, maintenant, va s'agir de ne plus faire de boulettes. Le fric est à notre disposition. Il a ordre de nous payer en livres et en dollars. Tu te rends compte ? Mais faut lui donner autre chose que du vent, en échange. Il ne m'a pas fait l'effet d'un gars qu'on puisse lanterner longtemps. Bon Dieu, j'espère que Jackie va bientôt radiner et qu'elle saura quoi tirer du cinglé et en vitesse...

— Li... livres et dollars ? interrogea Paulot, plutôt suffoqué, à en juger par l'intonation.

— Oui, livres et dollars. Ça te la coupe, hein ? (Le Dédé ricana.) Faut croire que le gars n'estime pas à grand-chose la confiance que peut inspirer la monnaie de son pays... Enfin c'est comme ça, et je trouve ça encore plus chouette...

— Bon Dieu, quand je pense que sans ce salaud de Bernard...

Ils firent pendant quelques minutes une union sacrée imprécatoire contre le faux frère qui, pour leur avoir arraché le pain de la bouche, les obligeait à un surcroît de boulot, puis ils revinrent à Maillard, en se passant à tour de rôle le goulot d'une bouteille de pinard que j'avais entendu déboucher.

— Bon, dit enfin Dédé. Alors, puisque tu as inspecté sa piaule, qu'est-ce que tu y as vu ?

— Rien. J'ai fureté partout et j'ai trouvé que dalle. D'ailleurs, le gars n'a pas grand-chose, chez lui. Des bouquins et des magazines, en pagaille ou dans un vieux buffet. Des livres bon marché, des romans d'aventures la plupart et achetés d'occasion... Des dessins, aussi... signés de son nom... dans le genre de ceux que tu as vu sur son carnet... Ce type était un peu artiste...

— J'aurais deviné ça à son « piège ».

— Mais rien qui puisse supposer qu'il était lié avec Bernard.

— Il était aussi comptable ?

— D'après ses faffes, oui. Surtout comptable. Mais en chômage. Il a sa carte de secouru. Il était aussi petit pensionné militaire. Merde ! je me demande d'où il connaissait Bernard. Plus je le regarde et moins je lui trouve la gueule de l'emploi.

— Tu as fait chez lui tout ce qu'il y avait à faire ?

— Tiens, v'là les clés. Va gaffer à ton tour, si tu crois que quelque chose m'a échappé. J'ai examiné l'appartement pouce par pouce et secoué chaque bouquin.

— Ça va. T'emballe pas.

Ils se mirent à marronner de concert, puis Dédé s'inquiéta si personne n'avait vu Paulot s'introduire dans l'appartement et l'autre répondit que les escaliers étaient déserts et qu'aussi bien à la montée qu'à la descente, la pipelette devait être en train de faire la queue quelque part, d'où je conclus que le petit curieux s'était amené chez Maillard après mon propre passage au domicile du barbu.

Un court silence, puis :

— Et maintenant, qu'est-ce qu'on fait ?

— On poireaute, répondit Dédé. Vivement que Jackie revienne. Elle y verra peut-être un peu plus clair que nous. De toute façon, il faut que tu continues à gaffer de plus en plus. Ton histoire de mot disparu ne me plaît pas du tout. Il doit y avoir sur le coup des types que nous ne connaissons pas, ce dont on se gourait déjà. Tu es sûr que ce branque avait écrit quelque chose qu'il a glissé dans la boîte aux lettres ?

— Ça me fait mal au ventre de me transformer en phono, grommela Paulot excédé, mais puisque tu y tiens, on va remettre le disque. Quand la vieille d'à côté a eu dit à Maillard que Bernard devait être en voyage car elle ne l'avait pas vu depuis plusieurs jours, il s'est approché de la lumière et a écrit sur une feuille de son calepin. Puis, il est revenu vers la villa de Bernard et si je n'ai pas suivi exactement ses gestes, je suppose qu'il a dû glisser la feuille dans la boîte. C'est logique, non ? Plus tard, quand j'ai eu installé le colis ici et que je suis allé pour piquer ce mot, il n'y avait rien dans la boîte, ni autour, d'un côté ou l'autre de la grille...

— Tu es resté longtemps absent ?

— Assez. Une fois Maillard endormi, on est restés tous les deux tapis dans un fossé, sous la flotte, à attendre que cesse ce défilé de guimbardes militaires. Tu penses si c'était le moment de me faire remarquer, avec deux vélos et un type en digue-digue en ma compagnie. Je suis revenu par-derrière, en empruntant les terrains vagues, et ça n'est pas précisément un raccourci. Et il m'a fallu retourner chercher les vélos, ce qui m'a encore pris un bout de temps...

— Tu n'as rien remarqué ?

— Rien. On a dû faucher le mot pendant que je faisais du petit ventre dans la boue.

Dédé se répandit en imprécations. Un bruit mou suivit. Feu M. Maillard qui n'en pouvait mais, venait d'écoper un coup de soulier de l'excité.

— C'est déjà pas marrant de savoir qu'un inconnu rôde autour du pot, mais si nous savions seulement ce que ce type écrivait à Bernard... Oh, dis donc, Paulot, j'ai une idée... Il a écrit sur un calepin, n'est-ce pas ? Comme il n'avait que cette espèce de carnet sur lui, avec son portefeuille... Pas de stylo, hein ? A moins que tu ne te sois approprié... comme son fric.

— Non, pas de stylo et pas de crayon non plus.

— Le stylo ou le crayon ont pu valser quand il a dégringolé de bécane... Mais s'il s'est servi d'un crayon... On va regarder ce carnet attentivement...

Je les entendis tourner des pages, s'exclamer successivement : « Tiens, là... » — « Non, c'est pas ça... » — « Attends... » Puis, avec un accent de triomphe : « Ça y est ! », Dédé n'était pas mécontent de lui. Il dit :

— On est verni dans notre malheur, Paulot. Le type a écrit au crayon et, comme la page intermédiaire entre celle qu'il a arrachée et celle-ci est couverte d'un tas de dessins au crayon gras, ça a fait calque... Tu vois ?... Qu'est-ce que tu lis ? Ça n'est pas très distinct.

— Non, ça ne l'est pas, et, en plus, on doit se gourer, émit Paulot après réflexion. *Votre cocu... venu de voir... de Lynx...* Ça n'a pas de sens.

— C'est un code, fit Dédé, en type du bâtiment, mais, quoique cela, assez déçappointé.

— ... *De Lynx ?...* C'est peut-être la fin d'*Œil-de-Lynx ?...* J'ai vu chez lui un tas d'exemplaires d'une revue qui s'intitule comme ça.

— Ouais... *Œil-de-Lynx* est effectivement le titre d'un hebdomadaire d'aventures policières... Mais c'est certainement plus subtil que ça...

— De toute façon, ça ne nous apprend rien.

— Non.

Un silence régna. Dédé le rompit.

— Laissons choir, décréta-t-il. J'ai jamais été fameux aux devinettes. C'est plutôt le blot de Jackie. S'agit maintenant de se débarrasser de ce macchabée.

— Tu parles, approuva Paulot. Je ne veux pas le conserver en ma compagnie jusqu'à la saint-glinglin. Beau faire froid, finirait par devenir envahissant.

— Que comptes-tu en faire ?

— Je vais attendre la nuit et j'irai le balancer dans un puits que j'ai repéré à cent mètres d'ici. Un puits désaffecté, sans flotte ni rien, où personne n'ira voir si quelqu'un pourrit... D'ailleurs, il y a des rats... Et même l'odeur n'incommodera personne... ça pue tellement, dans le coin.

— Pour ça, alors... T'as pas la bonne placarde, hein, Paulot ? T'en fais pas. T'en as plus pour longtemps à mijoter dans ce jus. Jackie va revenir et elle avisera...

Là-dessus, ils baragouinèrent encore un peu que ça ne servait peut-être plus à rien de continuer la faction, mais qu'il valait mieux la poursuivre, ça donnerait à Jackie une occasion de moins de râler. A propos de la danseuse, ils souhaitaient qu'elle ait été plus heureuse de son côté. Puis, Paulot, en hôte distingué et au courant des usages, reconduisit son visiteur jusqu'à la porte de la cuisine, lui recommandant de bien reprendre le chemin de l'aller afin d'éviter de passer devant la vieille voisine qui, si elle était sourde, n'était pas encore tout à fait aveugle. Resté seul, il remonta auprès de feu Maillard, en bougonnant.

J'attendis un petit moment, le temps de permettre à Dédé de s'éloigner suffisamment pour que le bruit que je pourrais faire ne le trouble pas dans sa retraite, car j'avais comme une idée que nous allions, d'ici peu, nous montrer plutôt exubérants, Paulot et moi.

Il était toujours à côté, à marronner et se remonter le moral à grand renfort de vin rouge. J'entendais ses lèvres faire ventouse sur le goulot. Ce gars-là, s'il était peut-être fait pour bouziller des types, ne valait rien pour veiller leur dépouille. En plus, il me donnait soif. Ça méritait une leçon.

Brusquement, j'ouvris la porte du cagibi qui m'abritait. Je me serais bien approché silencieusement du monsieur, mais, avec les gonds rouillés de cette porte, il n'y avait pas moyen. Au grincement, Paulot fit volte-face, plutôt surpris, bien entendu. Sur le moment, je ne dis rien. Il fallait profiter de la surprise. Je bondis dans la pièce, la main gauche dans la poche de mon imperméable, faisant prendre à ma débonnaire bouffarde l'aspect d'un revolver.

— Mets-les en l'air, Paulot, ordonnai-je.

Ce paroissien était moins ballot que je n'aurais cru. Il comprit au quart de tour qu'il n'y a que dans les romans policiers que des types vous menacent d'un feu sans l'exhiber, et qu'en 1942, avec cette pénurie de tissu, on n'allait pas s'amuser, pour méchant que l'on parût, à détériorer ses vêtements en tirant au travers. D'un autre côté, comme il se doutait bien que je n'étais pas là en ami, il n'hésita pas.

Quelque chose de brun germa au bout de son bras et il me distribua au jugé, en guise de bienvenue, un certain nombre de pruneaux. S'il avait le pétard vif, je possédais encore de bons réflexes. Je n'attendis pas le feu d'artifice pour me coller à terre, à un endroit rapidement repéré, et les projectiles qu'il me destinait pénétrèrent dans le mur, l'amochant encore plus, si possible, et faisait jaillir le plâtre de tous côtés. N'étant pas là pour tirer ma flemme, je ne restai pas longtemps allongé. Je me relevai en vitesse, et quand je me relevai, j'étais deux, si j'ose dire. Maillard était un poids plume. Une veine ! Je le dressai comme un mannequin et m'abritai derrière, promouvant M. Bout-de-Bois au rang de bouclier. Paulot tirait toujours, et Maillard dégusta tellement que rien que la vibration des morceaux de plomb se logeant dans sa carcasse aurait dû le réveiller. Un type serviable, ce Maillard. Je le projetai violemment en avant et Paulot n'eut pas le temps de l'esquiver. L'autre lui tomba dessus, comme s'il voulait lui faire payer le traitement de la nuit. Un mort, c'est un mort. Ça fait bafouiller les esprits les plus forts. D'entrer en contact, comme ça, à la volée, avec un cadavre froid et raide que c'en était à vomir, troubla le truand. Il plia sous le choc des cinquante kilos de viande morte. Macchabée et vivant s'éparpillèrent. Dans la chute, Paulot lâcha son pétard.

Je lui sautai sur le paletot et nous commençâmes à nous bagarrer, avec, comme arbitre, ce pauvre barbu, tantôt dans les guibolles de l'un, tantôt dans celles de l'autre, à tel point que je savais comment s'exprimerait à présent le rapport du médecin légiste, si jamais un homme de l'art était appelé à examiner Maillard : il ne pourrait faire moins que de conclure à un décès consécutif au passage sous les roues d'un train.

Cependant, Paulot s'était ressaisi et cherchait à récupérer son Euréka. J'étais placé de telle façon que j'avais peu de chance de l'atteindre avant lui. Je pus simplement mettre l'outil hors de jeu en le catapultant d'un coup de bottine à l'autre extrémité de la pièce. Le revolver glissa sur la poussière, puis j'entendis un bruit, en bas, sur le carrelage de la cuisine. Cette maison des courants d'air ressemblait à un fromage de gruyère. Le pétard était passé par un trou du plafond. D'être ainsi désarmé rendit Paulot enragé. Il se mit à taper comme un sourd. J'en fis de même, évoluant adroitement vers le coin du ring transformé en épicerie. Je saisis une bouteille de pinard et tout en regrettant de gaspiller ainsi, pour un corniaud pareil, une denrée aussi précieuse, je la lui brisai de toutes mes forces sur le crâne.

Ses cheveux, son front, sa chemise et ses épaules dégoulinaient de vin. Un peu de sang devait s'y introduire aussi, mais je n'avais pas le temps d'analyser dans quelle proportion les deux liquides se mêlaient. Exactement comme un accordéon, avec un curieux petit gémissement, Paulot se plia et alla au sol, où il resta, inerte.

Je n'aurais jamais cru qu'un litre de rouge — usage externe —, produisît de tels effets. Paulot était sonné, et comment ! Il aurait fallu le concours de Marlène Dietrich en personne dans son affriolant costume de Lola-Lola pour le réveiller et encore ce n'est pas sûr. Comme de toute manière je n'étais pas Marlène Dietrich, il n'y avait qu'à attendre qu'il reprît ses esprits de sa propre initiative. En attendant ce doux moment où il faudrait bien qu'il l'ouvre ou qu'il dise pourquoi, je lui liai les chevilles avec le foulard et le mouchoir ayant servi à bâillonner Maillard. J'étais en train de débarrasser celui-ci de ses ficelles pour en doter les poignets de son assassin, lorsqu'un bruit extérieur, comme une pierre qui roule sous un soulier, me parvint. J'allai à la fenêtre donnant sur la villa de Triple B et jetai un regard entre les planches qui l'obturaient.

Un type était planté au milieu du chemin, l'œil un peu inquiet et l'oreille cetainement tendue. Il regardait avec soupçon et indécision la baraque d'où je l'observais. Il ressemblait, comme une goutte d'eau ressemble à une autre goutte d'eau, à un des portraits remarqués chez la voisine. Un pansement tout neuf entourait sa main droite.

Je réfléchis qu'il avait dû s'accidenter, ce matin même, à son boulot ; qu'il était rentré chez lui, il n'y avait guère, et, alors que nous nous figurions, Paulot et moi, pouvoir exécuter notre numéro privé, sans craindre que la sourde s'émeuve, le fils était là, qui avait dû percevoir les détonations. Et maintenant, mine de rien, l'air d'un qui cherche du crotin de cheval après le métro, il venait plus ou moins aux renseignements.

« Mauvais, ça, mon petit Nestor, me dis-je. D'ici que ce gars-là aille prévenir la police, il n'y a pas des kilomètres... »

Pour confirmer cette impression pessimiste, le jeune homme rentra chez lui, en ressortit presque aussitôt et prit la direction de la ville. Il était temps de filer si je ne voulais pas être le dindon de la farce.

Paulot était toujours dans le cirage. Je lui administrai deux ou trois coups de soulier, histoire de le réveiller, mais sans succès. Au contraire. J'aggravai plutôt son état comateux. Je regrettais fort de ne pouvoir l'amener avec moi. Le match exhibition ne pouvant avoir eu lieu pour rien, je fouillai le coco et ne lui laissai dans ses poches que la poussière des doublures, m'appropriant tout, pèze compris, pour mes frais de déplacement.

Je quittai rapidement ce Château des Beaux au Bois dormant, sans m'attarder dans la cuisine à rechercher le revolver qui y était tombé. Je passai chez la sourde prendre mon vélo, ne rencontrai personne et pédalai vigoureusement en direction du *Toufruit*.

CHAPITRE XI

L' « ASSASSIN » DE NESTOR BURMA

— Par exemple ! ricana Rouget, en m'apercevant. Tu viens de faire la cour à la femme-canon ?
— Presque, répondis-je. Tu aurais peut-être une brosse ?

Il me tendit l'objet désiré.

— Il te faudrait aussi une aiguille et du fil. Tu ne peux pas passer la ligne en cet équipage. Tu ferais repérer le convoi à dix kilomètres.
— Mon départ est retardé, dis-je, tout en me rafistolant du mieux que je pouvais. Il y a un tas de types qui ont besoin de moi, à Marseille
— Sans blague ? C'était bien la peine de me décar...
— Il faut que je rassure Hélène sur mon sort, coupai-je. Une simple carte interzone, mais que j'aimerais envoyer d'ailleurs que de Marseille.
— Toujours précautionneux.
— Plus que jamais. En reniflant fort, tu ne perçois pas comme un relent de cadavre ?
— Depuis 39 c'est comme ça...
— Je ne te parle pas de la guerre... Pour en revenir à Hélène, tu ne connais personne, à Cannes, Perpignan ou ailleurs, qui se chargerait de mettre ma carte à la boîte ?

Il avait à Nice le correspondant qu'il me fallait. En revenant de la poste, je repris possession, dans l'entrepôt aux sacs de fruits, de mon matelas. Là, je procédai en toute tranquillité à un inventaire sérieux de ce que Florimond Faroux aurait appelé « la fouille » de Paulot. Ça ne me rapporta pas grand-chose, ce genre d'individus ne poussant pas la naïveté jusqu'à se promener avec un journal intime. J'appris seulement par les cartes d'identité et d'alimentation que leur titulaire était un nommé Paul Clément, né en 1909 à Cahors et demeurant à Marseille, passage de l'Ange, 33 ter. Il y avait deux trousseaux de clés, dont celui de Maillard. Il y avait aussi les papiers de Maillard et le fameux carnet sur lequel Dédé et Paulot s'étaient vainement creusé la tête. Le butin financier se montait à 3 000 et quelques francs, finances Maillard et Paulot réunies. C'était mieux que rien, et ça allait me permettre d'échanger mon imperméable, qui avait considérablement souffert de la bagarre, contre un vêtement plus décent.

La pipe au bec, je m'étendis sur le matelas et me demandai par quel bout il me fallait continuer cette affaire.

Je n'avais jamais éprouvé à ce point l'inconvénient de ma situation. C'était très joli, pittoresque, littéraire et tout, d'être un mort-vivant recherché par la police, mais la solitude à laquelle j'étais astreint aliénait par trop ma liberté. Je n'avais pas les coudées franches et je ne tenais pas à mettre Hélène ou quelque autre de mes auxiliaires de l'agence dans le bain. Pourtant, deux ou trois aides m'auraient été fort utiles. Je n'avais pas le don d'ubiquité et lorsque je faisais le compte des endroits qui sollicitaient ma présence, j'en avais quasiment le vertige.

Il y avait, entre autres lieux historiques et curieux, dignes d'intéresser un touriste de mon acabit, la maison louche du port où Triple B et moi nous étions séparés. La villa de Jackie Lamour, au Cap Croisette, n'était pas non plus à dédaigner. Il urgeait également de s'inquiéter du voyageur descendu la nuit dernière au *Moderne,* et je me dis que c'était peut-être par là que j'allais commencer. Heureusement — corvée de moins —, une visite chez feu Maillard ne s'imposait plus. Je n'y trouverais vraisemblablement pas plus que n'y avait trouvé Paulot et ce qu'il avait dit y avoir vu m'éclairait suffisamment. Peut-être, à la rigueur, quand j'aurais cinq minutes à perdre, pourrais-je vérifier quelques points au *Café Riche.* Quant à une expédition au domicile de Paulot, plus souvent ! Le sire devait être déjà entre les mains de la police et de drôles d'anges hantaient certainement le passage du même nom. Le coin devait être bourré de bourrins. Je ne m'en ressentais pas pour donner dans une souricière.

Je prélevai dans mon butin une photo de Maillard, fis un paquet du reste et cherchai un endroit où je pusse le dissimuler sans en rien dire à Rouget. C'était un bon copain, serviable et tout, mais mieux valait tout de même ne pas lui donner l'impression qu'il hébergeait un baril de poudre muni de sa mèche enflammée. Je découvris bientôt un endroit convenable. Ça convenait même si bien qu'on l'avait déjà utilisé comme cachette. Il y avait là un gros pétard, un machin espagnol, offrant l'avantage de pouvoir servir de massue lorsque les munitions faisaient défaut. Son magasin contenait pas mal de balles et la mécanique paraissait dans l'ensemble en bon état de fonctionnement. J'empochai l'objet puisque aussi bien j'avais besoin d'une compagnie de ce genre. Là-dessus, je me dis qu'au point où j'en étais, ainsi déguisé en arsenal, je ne risquais pas plus à transporter le bazar fauché à Paulot.

Je quittai l'étonnant *Toutfruit* et partis à la recherche de Marc Covet. J'étais arrivé à la conclusion, en effet, que si le journaliste était à Marseille, il pourrait peut-être m'être utile.

Aux bureaux d'un quotidien local, je demandai à

parler à un certain Lagarde dont j'avais vu dans le numéro du jour qu'il s'occupait plus spécialement des faits divers, encore que cette rubrique sensationnelle, en vertu de l'ubuesque principe de censure : « Pas de mort violente pendant la guerre », ne fit pas florès pour l'instant. Le rédacteur en question était là, perdu dans la contemplation des formes callipyges d'une fadasse dactylo, et supputant certainement, par déformation professionnelle, de quelle façon idoine, en des temps meilleurs, il l'eût débitée en morceaux, histoire de se pourvoir de copie. Informé de mon désir de le voir, il s'arracha à sa rêverie et pointa vers moi un menton interrogateur et mal rasé.

J'arborai mon sourire le plus avenant.

— Mon nom est Martin, me présentai-je. Je suis à la recherche d'un de vos collègues parisiens... Marc Covet, du *Crépuscule*.

— Connais de nom, fit-il.

— Savez-vous s'il est à Marseille ?

— Eh, dites... Je ne suis pas le bureau des renseignements.

— Certes, mais... un journaliste dans votre genre est au courant de tout, le flattai-je. Des collaborateurs de journaux parisiens ont bien débarqué à Marseille, ces jours-ci, hein ?

— Collaborateurs est le mot, ricana-t-il. C'est pourquoi nous ne frayons pas avec eux.

— Je ne m'étais donc pas trompé. Où les a-t-on parqués ?... J'ai l'intention de leur lancer une bombe, justement.

Il me toisa, amusé.

— Terroriste ? rigola-t-il. Vous n'en avez pas la touche.

Il était aussi marrant avec sa dignité qu'avec sa psychologie. S'il avait su combien de cadavres j'avais dans mes relations, depuis quelques jours...

134

— Je débute dans le métier, expliquai-je.

— Ha, ha, ha! Eh bien, vous trouverez vos oiseaux au *Moderne*... Ils sont tous là... Et pour votre bombe, dépêchez-vous de la confectionner... Ils ne vont pas tarder à déguerpir...

Nous nous séparâmes fort satisfaits l'un de l'autre, M. Lagarde persuadé avoir eu affaire à un fou et moi bien content d'apprendre que Marc Covet, s'il était toujours là, logeait au *Moderne*.

J'avais l'impression que le choix de cet hôtel allait simplifier pas mal de choses.

*
**

Marc Covet était encore au lit. Midi venait de sonner, mais il n'en avait cure. Il paraissait avoir pas mal éclusé, la veille. Il portait encore sa chemise de jour et sa cravate.

— Eh alors? fit-il, en guise de bienvenue, dès que le groom qui m'avait conduit à sa chambre se fut éclipsé. Et alors, pas encore fusillé?

— Ça va venir, dis-je, en m'asseyant sur ses pieds. Il y a déjà quatre morts dans cette affaire.

— Et vous venez me convier à être le cinquième?

— Soyez sérieux.

— Envisager mon éventuelle fin ne l'est peut-être pas?

— Fermez ça, Marc. Il y a un rôle pour vous, là-dedans. Bon Dieu, si vous saviez la combine épatante que c'est, vous loueriez tout de suite une dizaine de machines à écrire pourvues de leurs opératrices et vous commenceriez à tartiner pour l'après-guerre que c'en serait un bonheur... Du vrai cinéma, c'est moi qui vous le dis... Allez vous coller la tête sous le robinet et revenez écouter mon conte de fées...

— Otez-vous de mes panards, dit-il.

Il s'extirpa du lit. Il avait conservé son caleçon et ses chaussettes. Il se passa la main dans les cheveux, se mit debout en vacillant.

— Vous avez fait la bringue, hier ?
— Sommes pas sortis de l'hôtel, protesta-t-il.
— On peut très bien se saouler à l'intérieur d'un hôtel. Ça m'est arrivé.
— C'est ce que nous avons fait, avoua-t-il, en grimaçant.

Il passa dans le cabinet de toilette. Je l'entendis barboter dans le lavabo :

— ... Allons bientôt regagner Paris, alors... Les notes de frais n'ont pas été inventées pour les chiens... De 7 heures du soir à 7 heures ce matin, nous n'avons pas démarré du bar de l'hôtel...

Il revint, un peu moins abruti, s'épongeant avec une serviette, le col et le plastron de sa chemise mouillés.

— Très intéressant, dis-je. Avez-vous remarqué s'il arrivait des voyageurs, au cours de la nuit ?

Il prit un air sournois qui me remplit d'aise.

— Dites donc, vous devriez m'offrir quelque chose pour m'enlever la gueule de bois. Votre recette, de s'asperger de flotte, est inefficace. Un pastis me réveillerait et en ferait peut-être autant de ma mémoire...

— Ça va, Marc. Tout noir que vous fussiez, vous avez dû constater quelque chose de pas catholique, hein ?... On peut se faire monter les laits de panthère, ici ?

Pour toute réponse, le journaliste appuya sur un bouton. Peu après le groom parut.

— Deux spéciaux, demanda Covet.

Le groom disparut, revint avec les pastis clandestins.

— A la vôtre, Burma. Espérons que ces mixtures ne nous tueront pas.

— Il y a, dans le coin, plus dangereux, dis-je. Maintenant, dites-moi ce que vous savez sur les arrivants de cette nuit.

— Il n'y en a eu qu'un, commença Covet. Mais il a dérangé le personnel comme s'ils étaient trois. Je ne sais plus ce que j'étais allé maquiller du côté de la réception, lorsqu'il y était, en train de remplir sa fiche. C'est un type avec des joues comme des biftecks que c'en est une provocation. Il m'a donné l'impression d'être allemand, mais je ne vous garantis rien. Au fond, tout ça, ce sont des suppositions.

— En quoi a-t-il dérangé le personnel ? Il avait une montagne de bagages ?

Marc Covet rassembla ses vêtements épars et commença à les passer.

— Non, un simple sac de voyage. Mais il a demandé tout de suite de quoi écrire et il a griffonné un mot en vitesse, l'a mis sous enveloppe et a dû charger un coursier de le faire parvenir le plus tôt possible. C'est sans doute ce qui a fait râler les larbins. Il n'avait pas laissé un pourboire assez fort, peut-être. De toute façon, l'élément ancillaire est plutôt flemmard, dans cette turne. C'est le pays qui veut ça... Le gars en question, lui, est un peu plus courageux. Il est monté dans sa chambre, mais ne s'est pas couché tout de suite. Deux heures plus tard, il me semble bien l'avoir revu dans le hall, où j'étais allé respirer un peu, parce qu'au bar ça chauffait vraiment trop.

— Il y a pas mal de chances pour que ce soit mon homme, commentai-je. Alors, écoutez, vieux. Je venais vous demander un tout autre service, mais ce que vous m'apprenez est inespéré. Faites-moi un portrait moins sommaire de ce type. Ensuite, vous tâcherez de savoir le numéro de sa chambre et où et à qui il a fait porter le message qu'il a écrit, s'il a téléphoné ou reçu des visites. Sachez aussi son nom... enfin, celui qu'il a donné, et ce qu'il faisait encore dans le hall, deux heures après son arrivée.

— C'est tout ? ironisa Marc Covet.

— Pour le moment, oui. J'aurai encore deux ou trois petites missions à vous confier plus tard.

— Y a de l'espoir. Bon. A vous, maintenant.

— A moi ?

— Vous ne m'avez pas promis un conte de fées ?... Si « Peau d'Ane » m'était conté...

— Je n'aime pas que l'on parle comme le fabuliste, mais, enfin, c'est juste...

Je ne lui cachai presque rien, de façon à susciter chez lui un profitable enthousiasme. La mort de Frédéric Delan l'affecta beaucoup. A propos de l'aliéniste, je lui demandai s'il avait jamais entendu parler de ce Victor Fernèse. Il me répondit que ce nom ne lui disait rien. Il s'apitoya à nouveau sur le triste sort du toubib, puis ajouta, après consultation de sa montre, que si nous descendions au restaurant de l'hôtel nous risquions d'y rencontrer le voyageur en question et que ça serait mieux qu'une description, parce que lui, pour les descriptions... Le chagrin ne faisait pas perdre à Covet le sens des réalités. C'était une feinte comme une autre pour se faire payer à déjeuner, mais je ne fis aucun commentaire et acquiesçai.

Nous nous installâmes, sans avoir l'air d'être trop intimes, dans un coin de la salle constituant un excellent poste d'observation. Covet ne tarda pas à me désigner discrètement le dîneur qui m'intéressait.

A part sa figure rouge brique, le personnage n'attirait pas particulièrement l'attention. Il était absorbé dans la mastication de ses aliments et couvait de l'œil le demi de bière qui était posé devant son assiette. Son aspect général était paisible, quasi bovin. Un complet de teinte neutre, fort bien coupé dans un tissu vraisemblablement d'avant-guerre, l'habillait. Il avait des cheveux blonds, plaqués, et un soupçon de moustache.

Il but, reposa son verre et promena alentour un regard innocent. Innocent ! Tu parles ! Ses yeux étaient bleus et perçants et je conjecturai qu'ils pouvaient facilement supporter une température de quarante au-dessous. Bref, en dépit de ses allures plutôt effacées, cet individu me donna l'impression d'être aussi aisément maniable qu'un « U-Bunker » de la Côte Atlantique par un enfant en bas âge. Et soudain, je me dis que j'avais déjà vu ce type-là, mais vêtu différemment et porteur de lunettes, ce qui lui faisait évidemment une autre physionomie. Pour dissimuler mon trouble, je me penchai et vérifiai soigneusement l'état de mes lacets de soulier... Le dîneur, c'était Otto... Otto... Otto Truc... Rote-Kartoffel, quoi !... L'obligeant monsieur qui avait cherché à m'embastiller après avoir trouvé astucieux de me faire passer pour mort... Mon assassin, en quelque sorte !

*
**

Nous ne nous attardâmes pas aux plaisirs de la table. Je ne tenais pas à ce que le flic allemand me reconnût. Je me demandais même si ça n'était pas déjà fait. Il ne paraissait pas avoir ses yeux dans sa poche. Peut-être ne m'avait-il pas remarqué ? Placé comme je l'étais, c'était possible. En tout cas, pendant les minutes qui suivirent rien dans son attitude ne laissa soupçonner qu'il ait observé quoi que ce soit de suspect.

De retour dans la chambre de Marc Covet, j'expliquai au journaliste ce qu'il aurait à faire, en plus des instructions précédemment fournies.

— J'aurais bien aimé savoir par votre truchement, grâce à vos accointances faciles avec la police, comment celle-ci envisage le drame Maillard-Paulot, lequel Paulot doit être actuellement au bloc, mais ce sera pour plus tard... A l'ordre du jour figure la surveillance intensive du bonhomme que nous avons vu en bas... S'il sort, filez-le... Voici le numéro d'appel du *Toufruit,* en cas de communication importante ou urgente. Je serai au bout du fil ou je n'y serai pas. Dans ce dernier cas, agissez pour le mieux. C'est plutôt vaseux, comme organisation, mais pour le moment je ne vois pas la possibilité d'en mettre sur pied une meilleure... Et ne faites pas cette bouille. Je vous répète que je vous entraîne dans une affaire dont, lorsque la presse sera redevenue libre, vous tirerez la quintessence journalistique...

— A quoi voyez-vous cela ? fit-il. Pour le moment, ça m'a l'air d'une affaire semblable à toutes celles dont nous nous sommes occupés ensemble, dans le passé, sauf qu'elle est plus dangereuse, du fait qu'il y a des Allemands dans la course...

— Ces lettres, mon vieux, ces lettres... Je ne sais pas ce qu'elles contiennent exactement, quoique les ayant lues, mais pour qu'ils soient tous à courir après en se trucidant pour leur possession, ça doit être d'une autre encre que les bavardages de la mère Sévigné.

— Certes, mais... faudrait les avoir, ces lettres, pour que le jeu en vaille la peine... Vous savez où les dégotter ? Elles sont peut-être dans la poche de votre cravate ?

Son ton sarcastique me fit rire. Il me lança un regard en coin.

— Vous, fit-il, vous me cachez quelque chose.

J'en convins.

— Inutile de vous demander quoi, hein ? Comme toujours.

— D'autant plus inutile qu'il s'agit d'un détail que j'essaye de me cacher également à moi-même.

— De mieux en mieux, s'esclaffa-t-il. Vous voilà secret au carré, à présent ?

— Exactement. Je ne pourrais véritablement me confesser de ce détail auquel je pense qu'à... vous ne devineriez jamais, Marc... qu'à un curé.

— Un... ? s'étrangla-t-il. Et pourquoi ?

— Parce qu'en général ils ne sont pas mal embouchés, dans cette corporation, et qu'il ne me traiterait pas de drôle de mec.

— Eh bien, ce qu'un prêtre ne vous dirait pas, moi je vous le dis. Vous me paraissez en effet un drôle de mec. Depuis le temps que je vous connais, je devrais le savoir... Assez débloqué, ajouta-t-il. Je descends surveiller l'autre oiseau.

Je le quittai, complètement sous pression. Avec mon petit baratin, je l'avais amené au point désiré.

Je descendis la Canebière et m'engageai sur le Vieux-Port. Des soldats allemands, objets d'une certaine curiosité de la part de la population, allaient et venaient sur les quais. J'atteignis la rue où s'érigeait la maison du dernier rendez-vous avec Triple B. Si elle s'y érigeait, il y avait encore quelques jours, elle ne s'y érigeait plus. Les fenêtres étaient des trous béants à travers lesquels on apercevait le ciel. A la hauteur du premier étage, les deux fenêtres étaient réunies par une brèche énorme. Les pans de murs étaient calcinés. Pour la première fois depuis sa construction le « salon japonais » prenait l'air. Un peu de papier mural subsistait encore. Les maisons voisines avaient également souffert du sinistre mais dans des proportions moindres.

Je me dis que c'était sans doute là que s'était déroulé le drame dont on m'avait parlé au *Toufruit :* l'assassinat d'un officier allemand et tout ce qui s'était ensuivi.

C'était assez fâcheux pour mon enquête. Je n'essayai pas d'obtenir le moindre renseignement de la part des voisins, deux ou trois prostituées avachies, furtivement entrevues, ne me paraissant pas communicatives.

Je revins au *Toufruit* prendre le vélo et filai vers le

Cap Croisette. La maison de Jackie Lamour m'attirait. J'étais à peu près certain d'une incursion infructueuse, mais il ne fallait rien négliger.

Le temps s'était remis au beau. Je longeai la mer. Le vent du large n'était pas chaud, encore qu'il vînt d'une région où ça devait chauffer, dans tous les sens du terme, mais un bon soleil un peu pâlot dorait le friselis des vagues. En passant devant le panneau annonçant le village de Bonneveine, je me dis que c'était peut-être un heureux présage.

Lorsque, du sommet d'une côte, j'aperçus par-dessus les pins le but de ma randonnée, je décidai de ne pas accéder à la villa par le chemin normal, greffé sur la route principale. La situation exigeait de la prudence. La danseuse pouvait être de retour et, par le chemin carrossable, mon arrivée passerait difficilement inaperçue. Je continuai donc mon chemin jusqu'à un petit bois situé derrière la maison. Je laissai mon vélo dans cet endroit et poursuivis à pied. Le terrain accidenté, semé d'arbustes et de tamaris, offrait d'efficaces abris. Je me félicitai d'avoir pris toutes ces précautions, lorsque je m'aperçus que les volets des fenêtres étaient ouverts. A moins que la môme Jackie eût abandonné définitivement son domicile — ce que je ne croyais pas —, et que d'autres locataires s'y fussent depuis installés, elle était certainement revenue de son expédition en zone occupée ou, alors, j'allais trouver là quelques-uns de ses satellites. Je lançai un caillou dans une vitre. Le carreau se brisa avec un bruit énorme. Blotti dans un fourré, j'attendis. Personne ne se montra à aucune fenêtre. Le champ était libre. C'était aussi bien. Me redressant, je courus à la porte, celle dont j'avais démantibulé la serrure pour faire croire à un cambriolage. La serrure avait été réparée et elle tenait close la porte. J'en vins toutefois facilement à bout.

Une fois à l'intérieur, je m'interrogeai sur la conduite

à tenir. Que venais-je chercher ici ? Rien, mais me mettre peut-être dans l'atmosphère, essayer de tirer je ne sais quelle conclusion de je ne sais quel insignifiant détail. Tel avait été le but primitif de ma visite. Maintenant que l'aspect extérieur de cette maison me laissait supposer qu'elle n'était pas restée inhabitée depuis le départ de la danseuse, je pouvais peut-être compter sur autre chose : l'arrivée prochaine du locataire temporaire... un Dédé quelconque ?

Par le couloir obscur, j'atteignis le salon. La clarté du jour l'inondait. Il était à peu près comme je l'avais vu le soir de la bagarre. C'était curieux. On eût dit que quelqu'un s'était livré ici à des recherches. Ça ne se voyait pas ; ça se sentait. J'eus immédiatement une autre impression, tout instinctive, comme la précédente. Cette maison était inhabitée. On venait à peine d'ouvrir les volets. Inhabitée, mais... oui, il devait...

J'étais planté au milieu du salon, face à la fenêtre, méditatif. J'eus soudain la sensation d'une présence insolite. Ce fut si net que je ne portai pas la main à mon arme, tellement je compris que c'était inutile, qu'il y avait déjà un feu braqué sur mes reins.

Je pivotai.

Dans l'encadrement de la porte, appuyé contre le chambranle, un homme était là, l'air narquois, la moustache moqueuse, des yeux plutôt satisfaits sous le bord rabattu du feutre chocolat. Il tenait en effet un revolver à la main, mais à titre purement décoratif.

Je fus instantanément soulagé. Ce copain-là, sans que j'eusse complètement oublié qu'il devait venir faire un petit tour sur le littoral, avait un peu déserté mon esprit.

— Eh alors ? dis-je, en souriant. Ça gaze, Florimond ?

CHAPITRE XII

ON EN APPREND, DES CHOSES !

Le policier enfouit son revolver dans la poche de son raglan.

— Que foutez-vous ici, Burma ? demanda-t-il abruptement.

— Eh là, protestai-je, vous avez une façon un peu cavalière de vous adresser à un mort. Enfin, ignorez-vous que les fantômes reviennent toujours sur le lieu de leur crime ?

— Fantôme ou pas, on va avoir une petite conversation. Et pas de salades. Vous tombez à pic. Asseyez-vous.

Il fit un pas dans la pièce, après avoir lancé un appel dans le couloir. Il y eut un bruit de pas au-dessus de nous et, peu après, deux types vinrent nous rejoindre. L'un était massif et pâle comme une endive, l'autre étriqué et franchement pain d'épice. Tous deux avaient l'air de bourres. C'en étaient.

— Je vous présente le célèbre Dynamite Burma, messieurs, fit Florimond Faroux. Mon vieux Nestor, ce monsieur (il désigna le noiraud) est Bonvalet, de la police locale ; l'autre est un de mes subordonnés de Paris, que vous avez déjà dû voir plusieurs fois en ma compagnie : l'inspecteur Grégoire. Il est descendu avec moi jusqu'ici pour découvrir ce qui tracasse les Allemands dans cette affaire de l'assassinat de Sdenko Matitch.

— Enchanté, messieurs, m'inclinai-je. Et mes compliments, madame la Baronne. Vous êtes une exquise maîtresse de maison. Et maintenant, qu'est-ce qu'on fait ? Une belote ?

Le commissaire prit un air menaçant.

— Trêve de boniments, Nestor Burma. Vous allez sans doute me raconter que c'est le hasard qui vous a conduit ici, que vous cherchiez une villa à louer, que vous chassiez des papillons dans la pinède ou un truc de ce genre. Votre habituelle poudre aux yeux, quoi ! Eh bien, mettez-vous bien cela dans le citron : je ne marche pas. Vous étiez dans le même train que le Croate, quand le Croate a été bouzillé. Vous veniez tous deux de Marseille. Vous vous ressembliez plus ou moins. Aujourd'hui, je vous surprends dans la maison d'une femme dont nous savons qu'elle a été en rapport avec Matitch...

— Ah ! Ils se connaissaient, hein ?

Il haussa les épaules.

— Comme si vous ne le saviez pas... Bref, vous paraissez en connaître long sur cette affaire. Je n'irai pas par quatre chemins. Je suis là-dessus pour des raisons très précises. Ma mission n'est aucunement officielle et je travaille, si j'ose dire, pour l'avenir.

Il commença à me parler du pays, c'est le mot juste. Intérêt supérieur, devoir sacré... Je me serais cru au cours civique d'une école du soir. Soudain, Florimond changea de disque.

— Je ne m'embarrasserai pas de scrupules, m'informa-t-il charitablement. La situation ne le permet pas. Je suis en plein cirage et vous seul, j'en ai l'intuition, pouvez m'éclairer. Aussi, je vous avertis, il vaut mieux que vous parliez de votre plein gré.

— Parler donne soif, objectai-je. Qu'avez-vous à offrir ?

— Pourrais p't-être vous donner une bonne tournée, suggéra l'athlétique Grégoire, avec un sourire significatif sur l'acception du mot « tournée ».

— Allons, allons, ne vous faites pas plus méchants que vous n'êtes, tous les trois, dis-je, pas plus rassuré que ça.

— Vous ne pouvez pas savoir jusqu'à quel point nous pouvons nous montrer méchants, dit Faroux. Puisque vous ne voulez pas nous faire profiter de votre science, vous ne nous êtes plus utile...

Il fit une pause.

— Savez-vous que les Allemands vous recherchent toujours ?

Je ne répondis pas et me mis à bourrer lentement une pipe.

— Hum, dis-je, après un rapide débat intérieur. Je crois qu'il vaudrait mieux aboutir à un accord.

— C'est mon avis.

— Je me demande si nous cesserons de nous chamailler un jour, observai-je, pensivement.

— Quand vous vous déciderez à vous montrer raisonnable.

— Je le suis toujours, ripostai-je. C'est vous qui ne l'êtes jamais.

— Voyez-vous ça !

— Oui. Vous faites une affaire d'Etat de ce que je suis censé savoir. Quand je vous l'aurai dit, vous vous apercevrez que je ne vous ai rien appris de bien neuf...

— Allez-y toujours.

— Minute. Si vous vous intéressez à cette affaire, moi aussi.

— Pour quelles raisons ? C'est justement un point que j'aimerais éclaircir.

— Pour des raisons sentimentales. Mais oui, inutile de ricaner. Tout d'abord, j'ai cru que c'était moi qu'on avait voulu occire, en bouzillant le Croate, et je suis descendu ici dire deux mots au type que je soupçonnais d'avoir tenu le revolver. Mais le type était mort à son tour. Comme celle de l'autre, l'action de ma justice était éteinte. Puis, un autre personnage s'est fait rayer des listes de recensement, un jeune homme du décès de qui je me sens responsable : le nommé Maillard, dont vous avez dû trouver le cadavre à Saint-Barnabé, quand ces messieurs de l'Evêché (je fis un signe de tête en direction de Bonvalet) sont allés cueillir Paul Clément... J'ai bien été un peu entraîné par le courant, évidemment, mais je tiens surtout à venger ce type...

Grégoire et Bonvalet toussotèrent. Florimond Faroux frappa sa paume gauche de son poing droit.

— Je savais bien que vous seriez intéressant à écouter, Burma ! s'exclama-t-il. Je l'ai dit à mes collègues lorsque, après le bris de la vitre, j'ai jeté un coup d'œil furtif dans les environs, afin de repérer le petit plaisantin qui s'amusait à casser des carreaux, et que je vous ai vu émerger d'un buisson. Je leur ai dit : « Voilà un oiseau qui tombe à pic et, pour une fois, la chance ne le sert pas. Avec sa manie de jouer au plus fin, il est venu par-derrière, ce qui l'a empêché de voir devant la villa la bagnole avec laquelle nous sommes venus ».

— Pour ma part, je me félicite de ma circonspection. Si j'avais remarqué la bagnole, peut-être aurais-je tiré au large. Or, je suis bien content de vous avoir rencontré.

— Pas plus que moi.

— Disons autant. Les noms de Maillard et de Clément paraissent vous surprendre. J'ai l'impression que vous les entendez pour la première fois et que vous ignorez ce qui s'est passé à Saint-Barnabé, hein ? Je croyais qu'un citoyen était parti prévenir la police. J'avais oublié que nous sommes dans un pays « où on retient ». Après réflexion, le type s'est prudemment retenu lui-même... Si j'avais réfléchi à cette particularité, je serais resté auprès du sieur Clément et peut-être maintenant en saurais-je davantage...

— J'ai idée que vous en savez déjà pas mal, Burma. Je m'en doutais et plus je vais, plus j'en ai la certitude. C'est toujours comme ça avec vous. Vous êtes une vraie mine de renseignements. Vous l'avouez vous-même.

— Possible que je sois une mine de renseignements, mais je ne vais pas me laisser prospecter comme ça, sans contrepartie. Vous devez aussi savoir quelque chose. Vous n'êtes pas venus ici pour pique-niquer. Donnant, donnant, Florimond. Unissons nos efforts. En mettant nos tuyaux en commun, peut-être verrons-nous plus clair dans cet imbroglio. Car je vous garantis que c'en est un.

Il sourit d'un sourire particulier qui était de bon augure.

— Avez-vous déjà été mêlé à une affaire simple ?
— Si cela a été, j'en ai perdu le souvenir, ricanai-je.
— Bon. Alors à partir de maintenant, on marche ensemble ?
— Je crois que c'est notre intérêt commun. Nous avons besoin l'un de l'autre.
— D'accord. Nous vous écoutons, Burma. Dites-nous, par exemple, ce que cette villa vous rappelle.
— C'est cela. Profitons du décor. Eh bien, mon vieux, ça me rappelle la récente nuit où, moyennant trente mille balles, je suis venu la cambrioler...

Et sans souci des yeux de mon auditoire, j'entrepris de raconter ce que je savais. Ce que je savais... C'est-à-dire pas très exactement. Je passai sous silence la présence de Rote-Kartoffel à Marseille, ainsi que le seul nom que je connaissais au complice de Paul Clément, Dédé, et son signalement. J'espérais par l'Allemand parvenir jusqu'à Dédé et arracher à celui-ci des renseignements sur les lettres. Pour des raisons personnelles, je voulais mener cette expédition solitairement, sans craindre de rencontrer Faroux sur mon chemin. Je ne parlai pas davantage du tragique intermède de la clinique psychiatrique. L'affaire était assez compliquée comme cela. Il serait toujours temps de compléter mes informations, lorsque le terrain serait un peu déblayé. De toute façon, en ce qui concernait la mort de Frédéric Delan, je n'estimais pas le commissaire d'un grand secours.

Lorsque j'eus terminé ma narration tronquée, Florimond Faroux sifflota.

— Ça m'a l'air assez gratiné, opina-t-il.

— Ça l'est au point d'être brûlé, même.

— Votre opinion sur l'ensemble ?

— Laissez-moi souffler. Et profitez de ce que je reprends ma respiration pour me dire à votre tour où vous en êtes de votre enquête.

— Oh, nous..., fit-il, avec une modestie ironique. Munis de la photo du Croate et de maigres tuyaux sur l'individu, nous avons essayé de retrouver la trace de son séjour à Marseille. Cela nous a conduits à apprendre qu'il était entré en relations avec cette danseuse, Jackie Lamour, et nous sommes venus voir au domicile de cette mousmé s'il n'y avait rien à glaner. C'est tout.

— Et vous avez trouvé ?...

— Rien, lança l'inspecteur Grégoire, déçu d'être bredouille. La présence de cadenas aux fenêtres nous a seulement paru suspecte...

— Vous en connaissez la raison, à présent. Mais, dites-moi... il y avait des cadenas partout ?

— Oui, mais certains n'étaient pas fermés. Ils paraissaient n'être plus utiles.

— Ils ne l'étaient plus. Les lettres envolées, plus besoin de cadenas...

— En somme, tout gravite autour de ces satanées lettres, dit Faroux.

— Apparemment.
— Il serait intéressant d'en connaître la teneur.
— J'abandonnerais volontiers une ration de biscuits vitaminés pour savoir surtout ce qu'elles représentent, dis-je. Peut-être alors leur teneur nous éclairerait-elle. Je les ai lues. Ce sont de banales lettres d'amour. Peut-être un peu plus salées que d'ordinaire et, en même temps, plus bêtes. C'est tout.
— Il faudrait à la fois connaître leur signification et les posséder, dit Faroux.
— C'est à peu près ce que j'ai voulu dire.
— Ce sera dur.
— D'autant plus que j'ai bien peur qu'elles n'existent plus.

Le commissaire haussa les sourcils.
— Que voulez-vous dire ?
— C'est une idée comme ça. M. Bonvalet va me dire si j'ai tort ou raison.

Le flic marseillais tourna vers moi un visage intrigué.
— C'est au sujet de cette maison du Vieux-Port, dis-je. Cet endroit, où Triple B et moi nous sommes vus pour la dernière fois, est le seul où se soit déroulé un drame dès la venue des troupes allemandes. Ce n'est peut-être pas par hasard. Vous avez des lumières sur cette maison, monsieur Bonvalet ?
— J'en ai. L'endroit dont vous parlez était réputé pour faciliter le passage vers l'Algérie. Les Allemands le savaient et si, effectivement, un officier a été tué, ça ne s'est pas passé exactement comme on vous l'a dit. La vérité est qu'à la tête de quelques hommes de la Gestapo, notre officier a donné l'assaut à cette maison. Il y avait là des types qui n'ont pas attendu qu'on leur tire dessus pour faire parler la poudre et l'officier a été tué. Ce que voyant, le tank a fait sauter la maison. Malgré cela, quelques types ont pu s'enfuir, qu'on n'a pas encore retrouvés...

— Oui, hein ? Eh bien, peut-être que le débarquement américain en Afrique du Nord interdisait pour quelque temps le trafic de passage dont on s'occupait dans cette maison...

— Ce n'est pas impossible.

— Peut-être que, lesté des lettres, Triple B avait l'intention de fuir en Afrique et que ce contretemps, estimé fâcheux, lui faisait faire cette tête contrariée que je lui ai vue... Et peut-être que dans l'attente de jours plus propices à son départ, il a laissé le paquet de lettres dans cette maison, caché quelque part ou aux soins de la sous-maxé... et que c'est pour cela qu'il n'a pas voulu que nous sortions ensemble, ayant à discuter le coup avec la vieille... Qu'est-elle devenue, celle-là ?

— Elle est morte dans la bagarre.

— Et les lettres ont dû flamber avec la maison. Triple B ne les avait pas conservées par-devers lui ; si cela était, les petits copains de Jackie Lamour qui lui ont grillé les pinceaux n'auraient pas posté un guetteur devant sa villa... Bon Dieu...

— Bon Dieu quoi ? s'inquiéta Faroux.

— C'est cette saloperie de pipe, dis-je vivement, en la retirant de ma bouche et en examinant attentivement le tuyau. Elle jute.

C'était dans mon crâne que ça jutait. Une idée pas bête du tout venait d'y germer brusquement. J'entrevoyais une explication du kidnapping de Victor Fernèse.

— A propos, dit Faroux, qu'est-ce que c'est que ce Maillard ?

— L'innocente victime. Imaginatif intoxiqué de romans policiers, il ne manque pas un fascicule d'*Œil-de-Lynx* à sa collection. Il n'est en rien le complice de Bernard, dont il a dû faire la connaissance plus ou moins de la façon qu'il m'a dit. Ce sera à vous, monsieur Bonvalet, de procéder aux vérifications. Triple B, apprenant que le logement de Maillard allait être inoccupé, a sauté sur l'occasion. Il en avait besoin pour me recevoir. Je suis à peu près certain que l'autre s'est imaginé que Bernard désirait l'appartement à des fins galantes. Lorsque je rendis visite à Maillard, celui-ci me prit pour le « mari », à cause de l'alliance qu'il crut voir à mon doigt. Aussitôt, entraîné par sa douce manie littéraire, il veut montrer à Bernard, dont il connaît le domicile habituel, qu'il sait à quoi s'en tenir sur ses frasques et il file l'avertir que le « cocu » le serre de près. Ne trouvant personne à Saint-Barnabé, il laisse le mot signé Œil-de-Lynx, toujours pour sacrifier à sa manie... Et à partir de ce moment, le malheureux, il allait jouer un vrai rôle dans une histoire criminelle, le rôle du macchabée... et cela par ma faute.

— Ne pleurez pas, conseilla Faroux, sarcastique.

— Je ne pleure pas, mais c'est, personnellement, un coup dur. Ce type est mort par ma faute, c'est tout ce que je vois. J'accuse le coup comme une insulte.

— C'est ce qui vous engage à poursuivre ?

— Oui. Au début, il y a bien eu un peu l'appât des lettres, mais je crois qu'à présent il faut en faire son deuil.

— Ouais, grommela le commissaire, en lissant sa moustache. Pourtant, que ces bafouilles soient anéanties ou non, la clique à la danseuse continuent à s'agiter.

— Il y a peut-être autre chose que les lettres, hasarda l'inspecteur Grégoire.

— Sacré bonsoir de bonsoir, je le saurai, gronda Faroux. Au boulot ! Vous nous avez fourni de bons indices, Burma. Je commençais à désespérer. Avec cette fille disparue et rien ici qui puisse nous aiguiller sur une voie quelconque, nous étions au point mort. Vos révélations permettent un espoir. Nous allons d'abord faire enlever le corps de Bernard et fouiller le passé de ce type, dans la mesure où ce sera possible. Ensuite, nous perquisitionnerons chez Paul Clément. Maillard non plus ne sera pas négligé. Vous nous avez donné une explication de son attitude. Il en existe peut-être une autre.

— De toute façon, approuvai-je, une enquête sur Maillard est nécessaire, ne serait-ce que pour vérifier ma théorie. Pour ce qui est de Clément, je ne crois pas qu'une visite domiciliaire soit fructueuse. Le gars a dû décamper. Et vous avez vu le contenu de ses poches, hein ? Ce n'est pas le personnage à s'embarrasser de papiers superflus. Chez lui, il ne doit plus rester que les meubles...

— C'est parfois suffisant, émit sentencieusement le commissaire, sans excessive conviction, toutefois.

— Le passage de l'Ange grouille de commères, intervint Bonvalet. Si Clément a reçu des visites, nous le saurons. En outre, il doit avoir un dossier à la « Boîte ». Ça m'étonnerait qu'un individu pareil n'ait pas fait l'objet de rapports de police.

— Y a-t-il de la littérature de ce genre sur Jackie Lamour ? demandai-je. Elle ne doit pas se contenter d'avoir du sex-appeal à revendre, cette poupée. Et elle ne doit surtout pas s'appeler Jackie Lamour.

— Son vrai nom est Jacqueline Barre, m'instruisit Faroux. Elle...

— Elle n'a pas un second prénom comme Laurence ? l'interrompis-je, poursuivant une idée.

— Non. Pourquoi ?

— Pour rien. Continuez.

Après un regard en dessous, il s'exécuta.

— Elle s'est installée à Marseille, peu après juillet 1940. Elle est vraiment danseuse professionnelle et a exercé son art aussi bien en France qu'à l'étranger. Elle a eu maille à partir avec la Justice, jadis, pour trafic de devises. Elle est très éclectique dans ses relations. Elle a une réputation d'excentrique fortement établie.

— Elle porte à un bras la cicatrice encore très

apparente d'un coup de pétard. Tout cela fait une drôle d'ingénue, vous ne trouvez pas ?

— Plutôt.

— Et le Croate ?

— Eh bien, ici, il est descendu dans un hôtel où, question tenue des livres, on est plutôt négligent ou discret, comme il vous plaira de qualifier cela. Il disait venir de Nice. Un mensonge, nous nous en sommes assurés. Ce n'était pas la première fois qu'il venait à Marseille. Nous avons relevé la trace d'un court séjour, il y a deux mois. Il était descendu au même hôtel, parce que, je vous dis, c'est un hôtel bien pratique.

— Il y a deux mois, a-t-il rencontré Jackie Lamour ?

— Ce sera peut-être difficile de le savoir, mais nous nous renseignons.

— Côté Oustachis ?

Il fut catégorique.

— On y a pensé. Rien à voir. A l'époque de l'assassinat du roi Alexandre, Matitch n'était pas en France.

— Pourtant, observai-je, les lettres sont signées *Petrus*. Le prénom de Kalemen, le meurtrier de Karageorgevitch.

— Et après ? bougonna Faroux, impatienté. D'après votre témoignage, il est question d'amour, dans ces lettres. Croyez-vous que ça en soit véritablement le sujet ?

— Non, en effet.

— Petrus ? Petrus ? répéta soudain le policier, l'air intéressé et la moustache en bataille. Vous êtes sûr d'avoir lu *Petrus* ?

— Ce n'est pas exactement *Petrus,* mais les premières lettres de ce prénom, *Petr*. *P, e, t, r*... Je ne vois que Petrus... ou Pétronille...

Florimond Faroux échangea un rapide regard avec ses

subordonnés. Un éclair de triomphe illumina sa prunelle.
— Ou... *Pétrole*, ne croyez-vous pas ? dit-il, suave.

**

Il faut bien que ce soient de temps à autre les policiers officiels qui déchiffrent les énigmes, puisque aussi bien ils sont payés pour cela, n'empêche que, sur le moment, je fis une drôle de tête.
— Bon Dieu ! m'exclamai-je, lorsque j'eus repris mes esprits, la faveur noire !
— Quelle faveur noire ?
— Celle qui entourait le paquet. Je n'ai pas compris cette élémentaire symbolique : or noir, faveur noire. Et surtout Petr... Petr... ça aurait dû me sauter aux yeux. Qu'est-ce que je suis allé chercher avec Peter ou Petrus ?
— L'habitude des complications, sans doute, ricana Faroux. Allons, ne vous lamentez pas. Vous auriez songé à *pétrole* avant moi si un détail de la vie de Matitch vous avait été connu...
— Quel détail ?
— Depuis mon arrivée dans le Midi, je n'ai pas roupillé. J'ai recueilli un tas de ces tuyaux qui, sur le moment, paraissent imbéciles pour s'avérer fort intéressants par la suite. J'ai eu la chance, ici, de m'adjoindre Bonvalet. Avant-guerre, il exerçait à Toulouse. Ce Croate éveilla ses souvenirs. Il renoua avec ses collègues toulousains. Et nous apprîmes... Vous souvenez-vous de notre conversation à Paris, Burma ? Je vous avais dit que Matitch était plus ou moins spécialisé dans les questions pétrolières... Mais c'était tellement vague... Eh bien, juste avant la guerre, Matitch travaillait aux puits de pétrole de Saint-Gaudens, à cent kilomètres de Toulouse, et, en sa qualité d'étranger, il était l'objet de l'attention discrète de notre ami...

— Je dois ajouter, intervint Bonvalet, que si, à la déclaration de guerre, il disparut brusquement, sa conduite jusque-là avait été irréprochable. N'empêche que ce n'est certainement pas coïncidence pure si ce personnage est mêlé à une affaire où l'on semble faire grand cas de mystérieuses lettres signées *Petr* ou *Pétrole*.

J'eus une sorte de vertige. Mon cœur bondit violemment, comme s'il allait se décrocher et sauter sur le tapis, faire des grâces devant nous quatre. Saint-Gaudens ! J'affectai pourtant le plus grand calme pour dire :

— Conclusion : les lettres ont trait au pétrole. Moi qui les ai lues, je n'affirmerai pas que c'est éblouissant. S'il est question de pétrole là-dedans, c'est fichtrement bien dissimulé.

— Il doit y avoir une clé.

— Sans doute. Et que nous la trouvions ou non, ça nous fera une belle jambe. Ma conviction est que ces lettres étaient cachées dans la maison du Vieux-Port et qu'elles ont brûlé avec la baraque.

— Quoi qu'il en soit, décréta Faroux, je continue mes recherches. Nous allons nous occuper de Bernard, Maillard, Clément, etc. Chemin faisant, nous découvrirons peut-être des indices nous permettant de contrer les Allemands, sur un terrain ou sur un autre. Puisque ces messieurs s'intéressent au meurtre du Croate, notre devoir est de connaître le fin mot du problème. Plus nous en saurons sur ces gars-là, mieux ça vaudra.

— Je me demande quelle mouche vous a piqué de vous embarquer dans cette galère.

— Et vous ?

— Oh ! moi, j'aime l'aventure.

— Et moi, j'ai des ordres. Maintenant, filons, trancha-t-il. Remettez tout en état, refermons les volets et filons. Si vous voulez profiter de notre bagnole, Nestor Burma, allez chercher votre bécane. Nous la mettrons sur l'aile.

CHAPITRE XIII

LE CINQUIEME PROCEDE

Assez agité, je rentrai au *Toufruit*. Dans cet endroit, ils ne paraissaient pas avoir les nerfs plus calmes.

— Que se passe-t-il ? m'informai-je.

— On a été perquisitionné une fois de plus, m'expliqua Rouget. Nous commençons à en avoir l'habitude, mais maintenant, avec les Allemands, ça va devenir dangereux pour les juifs que nous abritons. Jusqu'à présent, nous ne recevions la visite que de flics français. Tout à l'heure, c'étaient des Allemands. Enfin, heureusement qu'ils se sont retirés moins furibards qu'ils n'étaient venus. On a dû leur signaler je ne sais quoi qu'ils n'ont pas trouvé et nous savons avoir de telles faces de sainte nitouche, quand nous voulons nous en donner la peine, qu'ils sont partis persuadés que nous avions été calomniés. N'empêche qu'il va falloir faire de plus en plus attention.

— J'espère que ce n'était pas moi qu'ils cherchaient.

— Ils ne l'ont pas dit.

— De toute façon, j'aime autant n'avoir pas été là.

L'émotion rétrospective passée, je demandai à Rouget s'il n'avait pas parmi ses « politiques » un individu particulièrement ferré sur le pétrole, possesseur en outre d'une documentation facilement consultable. A cette heure, la Bibliothèque Municipale était fermée et elle ne recelait sûrement pas dans ses rayons ce que je trouverais chez un militant.

Rouget fit la moue.

— Les copains qui sont ici n'ont guère eu le temps d'emporter leurs bouquins avec eux, fit-il. Mais j'ai quand même ce qu'il te faut. Un vieil instituteur révoqué, qui ne milite plus, ce qui lui permet d'avoir chez lui, outre ses propres archives, celles de nombreux camarades, plus actifs. Tu ne peux mieux tomber avec lui, car il a publié jadis une brochure sur le pétrole. Tu comptes l'imiter ?

— Il faut bien occuper ses loisirs. Quel nom ?
— Marius Alicot, rue Félix Pyat.
— Je vais aller le voir. Personne ne m'a téléphoné ?
— Personne.
— Alors, je vais le faire.

J'appelai le *Moderne* et demandai Marc Covet. On me répondit au bout d'un moment qu'il était sorti.

Le camarade Marius Alicot avait le physique du titre. La cinquantaine largement dépassée, il portait une barbiche et une moustache généreuses, jaunies par l'usage immodéré du tabac. Derrière des lunettes à monture de fer, des yeux clairs pétillaient de malice. Ce sympathique personnage occupait un petit appartement de deux pièces, toutes deux emplies à en craquer de volumes, brochures, publications et collections de journaux de tous genres. Je lui dis venir de la part de Jean Rouget et exposai l'objet de ma visite.

— Assayez-vous, fit-il en débarrassant un vétuste fauteuil de la paperasse qui l'encombrait.

Il eut ensuite un grand geste circulaire.

— J'ai là environ cinq cents bouquins sur le pétrole.

Vous pouvez en prendre connaissance et passer la nuit à cette occupation, si vous le désirez.

— Je crois, dis-je, que le pétrole est un sujet sur lequel vous avez de particulières lumières.

— C'est mon dada, convint-il.

— Eh bien, avant d'entreprendre la lecture de cette littérature, je pourrais peut-être vous poser une question. Avec un peu de chance, ça risque de m'éviter une corvée.

— Je suis à votre disposition. Vous n'êtes pas le premier à venir me demander un conseil, un avis ou un renseignement. Il y a bien vingt ans que je suis retiré de l'activité politique, mais mes archives et mon excellente mémoire sont très souvent mises à contribution par les jeunes qui m'ont remplacé.

— En somme, souris-je, vous êtes une sorte de « révolutionnaire consultant ».

— Le mot est joli.

— Vous pourrez le resservir. Pour en revenir à ce qui m'intéresse, voici : à propos de pétrole qu'est-ce que le mot : *procédé* éveille en vous ? Oh, je ne suis pas fou, ajoutai-je vivement devant ses yeux ronds. Le mot : *procédé* est tout ce que je sais. Je cherche ce qu'il peut bien signifier et je crois que je vais être forcé d'ingurgiter tous vos bouquins.

— Procédé ? fit Marius Alicot. Un procédé de quoi ?

— C'est justement ce que je ne sais pas.

— Ne devriez-vous pas plutôt aller consulter un champion de billard ?

— Non, non, je ne suis pas un fumiste. Le procédé dont je parle — et j'aimerais savoir en quoi il consiste —, est le cinquième, vraisemblablement d'une série. Le Cinquième Procédé, ce sont les paroles mystérieuses que j'ai entendu prononcer par un malheureux que je suppose avoir été ingénieur aux puits de Saint-Gaudens, un personnage que vous connaissez peut-être, car il était pacifiste militant, et vous devez avoir plus ou moins fréquenté ces milieux : il s'agit d'un certain Victor Fernèse...

Je lui dis tout ce que je savais de la biographie de ce dernier. Marius Alicot secoua la tête.

— Je ne fréquente plus aucune organisation depuis presque vingt ans, s'excusa-t-il. Victor Fernèse ? Ce nom m'est absolument inconnu.

— Et Cinquième Procédé ?

— Vous dites que celui qui a prononcé ces paroles est fou, n'est-ce pas ? sourit-il.

— Aussi fou qu'on peut l'être et davantage encore. Mais ces mots ne sont pas le fruit du délire, j'en ai l'intime conviction.

— Possible. Personnellement, je vous avouerai que je ne vois pas à quoi ils correspondent...

— Eh bien, soupirai-je, tant pis. Je vais me mettre à bouquiner. Peut-être trouverai-je là-dedans une allusion quelconque à cette satanée phrase.

— Je vous le souhaite.

Il me désigna les rayons où je devais puiser. Je me saisis de quelques bouquins, aux tranches jaunies, m'installai, bourrai une pipe et entrepris ma lecture, cependant que l'aimable Marius Alicot, profitant de l'occasion et entraîné par mon exemple, rafraîchissait ses souvenirs en feuilletant des brochures traitant du même sujet.

Je n'avais fait aucun progrès dans ma prospection, lorsque mon hôte poussa un juron.

— Ma mémoire n'est pas aussi bonne que je le prétends, fit-il. Bon sang, Cinquième Procédé, ça aurait dû m'ouvrir des horizons.

— Vous avez trouvé quelque chose ? demandai-je, vivement.

— Je le crois. Est-ce que votre Cinquième Procédé ne serait pas un procédé de sondage ou d'extraction ?

— Je n'en sais rien. Mais...

— Ecoutez, fit le vieux, en tapotant le volume qu'il tenait à la main, ce qui en tira un léger nuage de poussière, il y a là un paragraphe qui doit pouvoir faire votre bonheur. Je devrais me battre pour ne pas avoir songé à cela tout de suite... Votre Cinquième Procédé, s'il existe autrement que dans l'imagination perturbée d'un dément, c'est quelque chose, croyez-en un spécialiste.

— Expliquez-vous, dis-je. J'ai toujours pensé, en effet, que c'était un turbin pas ordinaire, mais...

— Eh bien, voilà... (Il s'assit sur un tabouret boiteux, au siège recouvert de peluche râpée. Je bouillais d'impatience.)... On ne connaît jusqu'à présent que quatre procédés de détection, de sondage et d'extraction. Le premier est tellement rudimentaire qu'il a été abandonné depuis au moins 1882. Mais trois autres ont été inventés depuis, et chacun d'eux représente un progrès sur le précédent, soit qu'en ce qui concerne la détection ou le sondage il offre un important pourcentage d'efficacité, soit qu'il permette d'extraire toujours davantage du fameux « or noir » des couches pétrolifères... Savez-vous, par exemple, que...

Il prit son bouquin, le parcourut des yeux, hésita un moment, et lut, faisant aller et venir son doigt sur la page :

— *... la technique actuelle ne permet pas de pomper la totalité du contenu des « poches réservoirs »... Au fur et à mesure que les puits en exploitation s'épuisent, les trusts prospectent le monde entier, afin d'avoir des réserves en puissance, pour faire face à une consommation accrue... Cela coûte fort cher et les sondages s'avèrent infructueux, dans une proportion de 70 %* (1).

Il se tut et me regarda. Je suais d'énervement. Le

---

(1) Raymond Dior : *Le Pétrole et la Guerre.*

poêle emplissait la pièce de moins de chaleur que d'émanations méphitiques, mais j'étais en nage.

— Vous pensez, suggérai-je, qu'il n'y aurait rien d'extraordinaire à ce qu'un ingénieur, spécialisé dans les questions pétrolières, invente un Cinquième Procédé, obviant à tous ces inconvénients de « poches réservoirs » et de sondages infructueux ?

— Un Cinquième Procédé ne peut avoir trait qu'à cela... Toutefois, ajouta-t-il, n'oublions pas que nous avons affaire à un fou.

— Au diable, le cinglé, criai-je. Il ne l'a pas toujours été. Et trop de types qui ne le sont pas s'intéressent à lui. Ce Cinquième Procédé est terriblement réel...

Marius Alicot, le mégot inséré entre sa barbiche et ses moustaches, me considéra avec curiosité. Je ne l'avais pas mis au courant de l'affaire, comme bien on pense.

— Que voulez-vous dire ?

— Rien, sauf que ce Cinquième Procédé existe et qu'il doit marquer, lui aussi, un progrès sur les autres. Je n'en ai pas la preuve, mais admettons-le. Croyez-vous que cela soit de nature à bouleverser l'économie et la panique pétrolières ?

— Absolument.

— Et que certains ne reculent devant rien pour s'emparer de ce secret ?

Le vieil instituteur ricana.

— Clemenceau a dit : *Une goutte de pétrole vaut une goutte de sang*... Ça peut s'interpréter dans tous les sens.

— Oui, hein ? Sang et pétrole se mêlent facilement... Curieuse occupation pour un pacifiste, quand même. A moins que... Une invention de ce genre pourrait-elle empêcher la guerre ?

— Ne me faites pas rigoler, fut la réponse. J'ai passé l'âge et je suis revenu de mes illusions.

— Mais si vous les aviez encore et que vous inventiez un système permettant des sondages à coup sûr et surtout la récupération du contenu des « poches réservoirs » ? Rien que ce dernier avantage ne rendrait plus inévitable cette... comment dire ?... l'expansion impérialiste.

— Bien sûr, convint-il, en se lissant la barbiche. Dans ces conditions, je ne dis pas. Mais, en plus de mes illusions, il me faudrait avoir aussi un fameux grain.

— Victor Fernèse possédait tout cela, articulai-je. Et il est devenu complètement fou par la suite.

J'ajoutai, in petto :

— Lorsqu'on lui a volé son secret, certainement. Secret sur lequel il fondait d'utopiques espoirs pacifistes et vol dont il rend responsable, dans son délire, par symbolisme compréhensible, un monsieur dont le nom revient souvent dans ces bouquins sur le pétrole que je viens de lire : le colonel Lawrence.

L'affaire se dessinait.

Fernèse avait inventé un Cinquième Procédé. Cette invention était consignée — vraisemblablement selon un code, — dans les fameuses lettres. A une certaine époque, elles avaient dû être, par prudence, mêlées à d'autres épîtres et c'était pour les différencier de celles-ci qu'elles étaient signées *Petr*. Elles lui avaient été dérobées. (Par le Croate ? Il travaillait aux mêmes lieux que l'ingénieur et pouvait avoir surpris ses recherches.) De toute façon, plus tard, Jackie Lamour les avait en sa possession, les tenant certainement du Croate. Je les subtilisai à la danseuse pour le compte de Triple B. Celui-ci, asticoté gentiment, indiquait qu'elles étaient restées dans la maison du Vieux-Port. Ça ne faisait guère avancer les affaires de la môme Terpsichore, puisque la maison n'existait plus. C'est alors qu'en désespoir de cause, l'aventurière, connaissant la retraite de Fernèse, s'emparait du fou pour essayer, profitant par exemple des instants de rémission que lui laisse sa démence, de lui arracher son secret. Les lettres anéanties, le coup était à tenter. Car il n'y avait plus de temps à perdre, un homme — cela ressortait de la conversation Dédé-Paulot —, étant en route pour prendre livraison des documents... Cet homme était-il Rote-Kartoffel? C'était Rote-Kartoffel ou un autre. Pour le moment, en tout cas, c'était Rote-Kartoffel qui était à Marseille. Et ces gens-là devaient savoir de quelle façon particulière lire les fameuses lettres.

Certes, ce raisonnement ne manquait pas de points obscurs ni de suppositions apparemment gratuites, mais je me fiais à mon intuition. Je ne croyais pas errer exagérément. En gros, ça devait être ça. De toute façon, je n'étais pas mécontent de moi. Je distançais même passablement Jackie, en y réfléchissant bien, encore qu'il y eût pas mal de boulot — et quel boulot ! — en perspective. Et justement, maintenant, ce qu'il fallait...

Ce qu'il fallait, c'était laisser courir. Il n'y avait pas, pour le moment, d'autre politique possible. Je n'avais pas le pouvoir de faire jouer la musique plus vite qu'elle n'était écrite. Et c'était bien regrettable, car je me sentais devenir nerveux.

Je discutai encore un petit peu le coup avec Marius Alicot, afin de parvenir à la conviction absolue que cette hypothèse de Cinquième Procédé offrait une certaine consistance, puis je quittai l'obligeant personnage et, la nuit étant passablement avancée, rentrai au *Toufruit* dans l'espoir que m'y attendait un message de Marc Covet. Il n'y avait rien.

J'appelai le *Moderne* et le journaliste vint à l'appareil. Il n'avait rien de saillant à signaler, mais si je voulais passer le voir demain matin, il m'en dirait plus long et on boirait un verre ensemble. Je compris que Rote-Kartoffel devait rôder dans les parages de la cabine téléphonique, que l'étanchéité sonore de celle-ci n'était pas garantie et que Marc n'avait pas perdu la piste, ce qui était déjà appréciable. Je répondis que cet arrangement me convenait et raccrochai.

L'allusion du reporter à la boisson m'avait donné soif. Je sortis m'en envoyer quelques-uns derrière le plastron dans un bistrot proche. Je m'aperçus alors que je n'avais pas tellement soif. Mais j'étais nerveux et indécis et il me fallait un peu d'alcool pour me distraire, me calmer et m'abrutir à la fois.

CHAPITRE XIV

ÇA COMMENCE A CRAQUER

Je dormis mal et j'étais nanti d'une gueule de bois bien conditionnée lorsque le lendemain vers 9 heures, je m'en fus au rendez-vous de Marc Covet. En dépit de l'heure relativement matinale, le reporter était dans le hall de l'hôtel, au creux d'un fauteuil-club, à prendre connaissance des journaux. Il n'avait pas meilleure mine que moi et bâillait comme un four.

— Vous remarquerez, dit-il, le souci que j'apporte à l'accomplissement de ma mission. Je me suis fait réveiller à 8 heures. Ça ne m'était pas arrivé depuis ma première communion. J'attends que Korb descende pour lui filer le train. S'il ne va pas plus loin qu'hier, ça ne sera pas cassant. Surveiller Korb... car il s'appelle Korb...

— Korb, hein? Eh bien, pour moi, il reste Rote-Kartoffel.

Je tirai un siège à côté de celui de mon ami.

— C'est encore le nom qui lui va le mieux et il n'est pas plus faux que les autres. Vous disiez donc que surveiller ce type...

— ... Est plutôt un boulot de jeune fille. Ce qu'il y a de moche, c'est qu'il faut se lever tôt, des fois que l'envie lui prenne de sortir de bonne heure... Quoiqu'il ne donne pas l'impression de raffoler du grand air. Il est sorti juste un tout petit peu, hier en fin d'après-midi, le temps d'effectuer une courte promenade hygiénique sur la Canebière. Je ne crois pas qu'il veuille s'éloigner beaucoup de l'hôtel. On dirait qu'il attend quelque chose.

— Le jour où ce qu'il attend arrivera, il ne faudra pas avoir vos yeux dans la poche.

— On ne les aura pas, comptez sur moi. Ça m'intéresse trop, cette combine.

— Tant mieux. A part ça, a-t-il reçu des visites ?

— D'après le sympathique groom qui me rencarde, s'il n'est pas trop menteur, oui. Hier matin, avant que vous veniez me voir, un type l'a demandé et a été immédiatement introduit chez lui.

— Celle-là, je la connais. Mais depuis ?

— Aucune.

— Reçu ou donné des coups de téléphone ?

— Pas que je sache.

— Courrier ?

— Rien.

— Bon. Qu'avez-vous appris d'autre sur lui ?

— Qu'il occupe la chambre 109. Si vous avez l'intention de la visiter...

— Non. Je n'y trouverais rien, j'en suis sûr. Quant à avoir une entrevue avec le bonhomme... hem... j'y songe depuis hier, mais... Non, c'est trop dangereux.

— Vous craignez le danger, à présent ?

— Oh ! ce ne serait pas un danger immédiat, mais à longue échéance, dis-je rêveusement. Oui, un foutu danger. Mais laissons cela. Savez-vous à qui était destiné le mot qu'il a griffonné lors de son arrivée ?

La figure du journaliste s'allongea. La mienne aussi, à mesure qu'il parlait.

— Je me suis salement gouré, avoua-t-il, tout penaud. Vous ne savez pas ? Le mot n'a été porté par personne de l'hôtel. Il l'a bien écrit à la réception, mais il ne l'a confié à personne. J'ai supposé qu'il avait chargé le coursier de porter sa lettre parce que c'est ainsi qu'on procède. Eh bien, lui, a agi autrement, voilà. Il est monté dans sa chambre, a réclamé deux ou trois trucs qui manquaient — et ce sont ces exigences qui ont fait râler les larbins —, puis il est parti porter sa lettre lui-même, ou la mettre à la boîte, je n'en sais rien. Quand je l'ai revu, plus tard, dans le hall, il était vraisemblablement de retour de sa balade nocturne. Salement gouré, hein ? Tout ce manège m'avait échappé. Il faut dire que je n'avais à ce moment aucune raison particulière de surveiller le bonhomme et puis, vous comprenez, j'étais un peu gaz.

Une des chances que j'avais de connaître le domicile de Dédé s'effondrait. A moins que...

— Il n'a pas mis sa lettre à la boîte, dis-je. Il l'a portée lui-même. N'a-t-il pas demandé quelques renseignements d'ordre topographique ? Il a su se diriger tout seul ?

— Il n'a rien demandé. Ou il doit connaître parfaitement la ville ou il a préféré se renseigner ailleurs.

— C'est un type de précautions, hein ?

— On le dirait.

— Je vous crois, qu'on le dirait. A cette heure de la nuit, il était à peu près sûr de trouver son type, mais il a jugé prudent de préparer son mot au cas où il ne le trouverait pas.

Sur ces mots, je restai un long moment silencieux, à tirer sur ma pipe éteinte et ruminer mon échec. Allais-je monter entretenir l'occupant de la chambre 109 d'une certaine chose ? Le besoin de faire une bêtise me reprenait et c'était diantrement jouer avec le feu. Heureusement, je me dis une nouvelle fois qu'il valait mieux laisser courir et que, somme toute, il serait toujours temps : je ne tenais pas l'affaire par le plus mauvais bout.

— C'est bon, Covet, dis-je, en me levant. Continuez à filer le personnage et soyez vigilant. En attendant, allons boire ce verre que vous m'offrez.

Je passai la majeure partie de la journée à essayer de contacter Florimond Faroux. J'y parvins sur le tard, alors que la nuit était déjà tombée et que commençait à s'emparer de moi une furieuse envie de faire subir le même sort à mes tentatives de jonction. Non sans appréhension, j'avais téléphoné à l'Evêché comme le commissaire venait de le rallier, par chance. Il m'invita à le rejoindre. Conjecturant que je ne débordais pas d'un enthousiasme excessif pour visiter des locaux policiers, même célèbres, il me donna, avec humour, sa parole qu'on ne tenterait pas de me faire du mal.

Je trouvai l'homme de la Tour Pointue dans un bureau légèrement poussiéreux, flanqué de ses inséparables : les inspecteurs Grégoire et Bonvalet. Sous la lueur plutôt moche d'une lampe à abat-jour vert, ils ne rappelaient que de fort loin le groupe des Trois Grâces. Toutefois, sans donner précisément l'impression d'avoir touché le gros lot, ils ne paraissaient pas non plus être désignés pour le front de l'Est. Ça devait aller couci-couça, sans rien casser.

— Quoi de neuf ? demandai-je, après que nous eûmes, tous quatre, échangé nos microbes palmaires.

— Asseyez-vous, dit Faroux. Nous avons recueilli de nouveaux tuyaux sur Jackie Lamour, ajouta-t-il. Vous parlez d'une drôle de vamp, celle-là, alors ! Il y a trois ans, elle était, à Bruxelles, la maîtresse d'un inventeur. On a appris cela par un Belge réfugié ici et qui a été plutôt estomaqué, ce sont ses propres paroles, de retrouver la danseuse au *Cabaret du Merle*. L'inventeur inventait, puisque aussi bien c'était sa profession. Je ne sais pas ce qu'il inventait exactement, mais toujours est-il qu'un beau jour votre béguin s'est débiné en emportant le fruit des travaux du bonhomme.

— Oh! oh! observai-je, elle devient de plus en plus intéressante, la mignonne, vous ne trouvez pas ?

— Vous prêchez un converti. Intéressante, la fillette ? Je vous crois, qu'elle l'est. Parce que, toujours au témoignage du Belge, ce n'était pas la première fois qu'elle agissait ainsi. Auparavant, elle avait été mêlée à une affaire analogue. Alors, vous comprenez, je me demande si ce n'est pas sa spécialité de barboter des secrets, industriels ou autres ? Et ce n'est pas cette histoire de pétrole qui me fera changer d'avis.

Il brûlait, Florimond ! Il ne savait pas à quel point il constituait à lui tout seul un documentaire sur l'Inquisition.

— D'autant moins, poursuivit-il, que Paul Clément, le particulier qui a estourbi Maillard et que vous avez knock-outé, est également une curieuse variété de citoyen. Bien entendu, nous ne l'avons trouvé ni à Saint-Barnabé ni ailleurs. Depuis votre bagarre, il a eu le temps de revenir à lui et de se planquer quelque part. Nous avons perquisitionné à son domicile, puisque vous nous aviez fourni son adresse.

— Et vous avez trouvé ?

— Rien. Il y était passé avant nous et se doutant bien que d'autres gens n'allaient pas tarder à venir voir comment il était logé, il a déguerpi en ne laissant pas un nombre exagéré de traces de son séjour. Mais les fichiers de la police ne sont pas faits pour les chiens, n'est-ce pas ? Il se trouve que Paul Clément... A propos...

Il se tourna vers l'inspecteur Bonvalet :

— ... Et ces renseignements complémentaires ?

— Ouais, fit le policier local.

Il alla au téléphone intérieur, eut une brève conversation et raccrocha.

— Ils vont venir, annonça-t-il.

— Mais vous savez déjà quelque chose ? interrogeai-je.

— Pas mal. Paul Clément... Mais Bonvalet vous exposera cela mieux que moi.

Bonvalet enchaîna :

— Paul Clément demeure à Marseille depuis suffisamment de temps pour avoir eu l'occasion d'éveiller l'attention de nos services. Il a été compromis dans une affaire plutôt nébuleuse, il y a pas mal de temps. Une affaire qui a paru peut-être nébuleuse, à l'époque, mais qui, aujourd'hui, avec ce que nous savons, prend tout son sens. Il occupait je ne sais quel humble emploi dans une usine de produits chimiques de la région et lorsque des documents relatifs à des secrets de fabrication ont disparu, il a été sur la sellette. Je vous accorde qu'on n'a pas pu prouver sa culpabilité et l'affaire s'est terminée en eau de boudin, mais il n'y a pas de fumée sans feu.

— Tiens, tiens ! Mais il a l'air de travailler dans la même branche que Jackie, cet angelot ! Rien d'étonnant à ce qu'on les trouve ensemble, hein ?

— Non, rien d'étonnant, approuva Florimond Faroux.

— Vous ne paraissez pas avoir perdu votre temps depuis hier, observai-je. Votre journée a dû être chargée et c'est pour ça que j'ai eu un mal de chien à vous joindre. Vous êtes-vous renseigné sur Maillard ? Est-ce qu'il voulait percer des secrets, lui aussi ?

— Oui, ceux d'Agatha Christie. Vous aviez raison, Nestor Burma. C'est une victime d'Hercule Poirot, Arsène Lupin, Maigret, Gilles, etc. De toute cette sacrée séquelle de super-policiers littéraires, quoi. Votre raisonnement était juste. Nous avons retrouvé le café qu'il fréquentait assidûment, avant d'être chômeur. Ces temps-ci, il y venait moins souvent, mais les garçons nous ont appris qu'il y rencontrait parfois un client dont il avait fait la connaissance en ce lieu même, à la faveur d'une conversation relative, je suppose, à un problème d'échecs ou de mots croisés, parce que ce serait bien dans les mœurs des deux zigotos. Bref, toujours Agatha Christie. Car vous avez compris que le client en question, c'était Robert Bernard. Les loufiats l'ont identifié sur la photo que nous leur avons montrée.

— Triple B se passionnait également pour les romans d'aventures ?

— Lui ? C'est le mystère incarné. On ne sait ni d'où il vient ni où il allait. Ses moyens d'existence ne sont pas plus connus. Il ne semblait pas dans la misère.

— Il en était loin. Il m'a honoré de trente mille balles. En outre, il roulait voiture.

— Nous avons retrouvé celle-ci dans un garage de Saint-Barnabé. Son garage habituel. Le garagiste n'a pu nous être d'aucune aide. Il ne sait rien. Des recherches minutieuses dans la villa n'ont pas rapporté davantage. Quant à l'autopsie que l'on pratique aujourd'hui...

Le commissaire termina sa phrase par un geste vague.

— Elle confirmera mes conjectures, souris-je. C'est toujours ça.

— J'aimerais mieux que ça me donne un tuyau. J'en ai bien un, mais si flou.

— Concernant Triple B ?

— Concernant l'ensemble de ce micmac. Ce n'est d'ailleurs pas, à proprement parler, un tuyau. C'est une simple idée. Et même si elle est bonne, soupira-t-il, je ne vois pas à quoi elle pourrait nous servir. Avez-vous entendu parler de Charles Lantenant ?

— Ça me dit quelque chose.

— C'était un curieux type. Il est mort en 1937. Il trafiquait d'armes avec l'Espagne, fournissant indifféremment franquistes et gouvernementaux et escroquant certainement aussi bien les uns que les autres.

— Autrement dit, la politique ne l'égarait pas.

— Fichtre non, mais ça ne lui a pas tellement réussi, car, en fin de compte, il semble bien que ce soit de son mépris des contingences qu'il soit mort. Mais ce n'est pas de sa mort ni de son aventure espagnole que je veux vous entretenir. C'est de ce qu'il faisait avant. Il avait monté une bande, spécialisée dans le vol de secrets de tous genres. Il les bazardait ensuite au plus offrant, nation ou groupement. Je me demande si notre Jackie n'aurait pas reconstitué cette organisation.

— C'est bien possible, mais ça nous avance à quoi ?

— A rien, nom de Dieu, et voilà le chiendent.

— Quelle action immédiate envisagez-vous ?

— Action immédiate ? ricana Florimond Faroux. Nous allons continuer à tourner en rond jusqu'à ce que le vertige nous terrasse... ou que je sois rappelé à Paris. Je ne dispose pas d'un temps illimité et il ne faut pas perdre de vue que je suis soi-disant en congé et, qu'un jour, les Allemands pourraient s'étonner de la disparition du commissaire qui, justement, a procédé aux constatations à la gare de Lyon.

Je profitai de ce que les Allemands pénétraient dans la conversation pour lancer un coup de sonde :

— A propos, avez-vous des nouvelles de mon ami Rote-Kartoffel ?

— Rote... ? Ah, vous voulez dire Schibach... Schirach... enfin, le flic allemand, quoi ? Non. Mais il ne doit pas se tourner les pouces. Peut-être y verrions-nous plus clair si nous savions ce qu'il maquille.

Une fois n'est pas coutume, j'aurais bien aimé dire toute la vérité au commissaire, mais, vraiment, c'était impossible. J'étais prisonnier de mes actes et condamné à me débrouiller tout seul.

— En attendant..., amorçai-je.

— En attendant, pas une piste qui aboutisse. Je n'aime pas ça. La danseuse a disparu et qui sait si on la reverra jamais.

— Nous avons posté un homme dans sa villa, émit Bonvalet.

— Je crains bien que ce soit pour la peau. Cré bonsoir, gronda Faroux, je ne me décourage pas. Je suis tenace. Il y a ce Paul Clément, sur lequel nous possédons pas mal de tuyaux. Si nous l'alpaguions, ce serait déjà ça. Avec le meurtre de Maillard à son actif, ce serait bien le diable si nous ne parvenions pas à lui faire déballer son sac.

— Oh! il parlerait sûrement, dis-je, mais vous apprendrait-il grand-chose? Il ne m'a pas fait l'effet d'un « gros ».

— Qu'à cela ne tienne. Par lui, on atteindrait l'autre, son interlocuteur de la villa de Saint-Barnabé. Il vous a paru d'un échelon supérieur, hein? C'est celui-là qu'il nous faudrait, à défaut de la danseuse.

J'étais assez de l'avis du policier. A ce moment, on frappa à la porte du bureau.

— Entrez! invita Bonvalet.

Un quidam voûté, aux allures de policier-bureaucrate, manifestement plus apte à manier le porte-plume que les menottes, parut. Il tenait à la main quelques feuilles de papier qu'il déposa sur le bureau.

— Voici tous les renseignements complémentaires sur Paul Clément, dit-il d'une voix chuchotante et avec un accent du cru comme il n'est pas permis.

Le type aurait pu se retirer là-dessus, mais il était bavard de nature.

— Vous remarquerez, commissaire, qu'au sujet de cette vieille affaire des produits chimiques, en même temps que lui a été compromis son demi-frère, un certain André. Clément aussi. Ce dernier est bien connu de nous. Trafique au marché noir, sûr et certain. Mais jamais pris. Un mariolle. Fréquente le *Cabaret du Merle,* entre autres lieux plus ou moins mal famés, dont voici d'ailleurs la liste, et puisque vous vous intéressez à la fille Barre, dite Jackie Lamour, danseuse, vous apprendrez certainement avec profit que cet André Clément est un de ses familiers...

175

CHAPITRE XV

ÇA CRAQUE COMPLETEMENT

Florimond Faroux et moi jurâmes simultanément. Lui à haute, très haute voix ; moi, in petto. Mais des deux, je fus certainement le plus grossier.

— Faut nous saisir de ce client, s'écria le commissaire, bondissant de son fauteuil et bousculant tout.

Le bureaucrate voûté paraissait satisfait de son effet. Promenant un doigt taché d'encre sur un des papiers qu'il avait apporté, il indiqua, toujours en chuchotis :

— Voici l'adresse que nous lui connaissons. Maintenant, vous savez, je ne garantis rien. Avec ces truands...

— On va toujours y aller voir. Cré bon sang de bonsoir de cré bonsoir... En route, les enfants. Faites chauffer la bagnole.

— Mais..., commença à objecter Bonvalet.

— J'ai mon idée, trancha Faroux.

Il se frottait les mains de jubilation. Il était si content qu'il m'invita à les accompagner dans leur expédition.

— Avec... avec plaisir, bégayai-je.

J'avais un mal fou à avaler ma salive. Faroux s'en aperçut. Il cessa de s'user les paumes. Il me regarda, surpris.

— Vous dites ça comme si nous allions à un enterrement.

— Moi ? Sans blague ? eus-je le méritoire courage de ricaner.

Parce que — placez ici le plus violent juron que vous puissiez inventer —, ça ne me plaisait pas, oh non, ça ne me plaisait pas du tout que Florimond Faroux mette avant moi la main au colbac du fameux Dédé. Mais que pouvais-je faire, là contre ? Il n'y avait qu'à laisser courir. Me l'étais-je assez répété, ces dernières heures, qu'il fallait laisser courir ? A force de laisser courir, je finirais bien par être le dindon.

**

Dehors, le froid nous saisit. La nuit était obscure et agrémentée d'une petite pluie pénétrante, tout à fait à l'unisson de mes sentiments. Nous nous entassâmes tant bien que mal dans la voiture et, un policier autochtone au volant, nous démarrâmes.

Florimond Faroux, tout à la joie d'entrer bientôt en contact avec un témoin qu'il estimait considérable, n'arrêtait de se frictionner l'épiderme palmaire que pour balancer des « sacré bonsoir » joyeusement indécents, qui me flanquaient mal au cœur. Il était en train de drôlement me couper l'herbe sous le pied, oui, et encore, sans s'en douter, ce qui aurait été le côté marrant de l'histoire, si j'avais eu tant soit peu l'envie de me marrer. Mais je n'en éprouvais pas le besoin. Je faisais plutôt sale gueule, à dire le vrai. Mais comme j'étais placé, dans ce véhicule, exactement à l'endroit où la capote prenait l'eau, ma mélancolie pouvait aisément passer pour avoir cette désagréable inondation pour raison. C'était aussi bien. Je ne tenais pas à éveiller les soupçons de Faroux. Jusqu'à présent, il ignorait — et il n'était pas le seul, j'essayais parfois de me le cacher moi-même —, il ignorait que je lui cachais une chose, mais alors, là, une chose ! Il m'aurait tué, s'il avait été au courant.

Pourtant, ç'aurait pu être plus moche. Florimond et Cie auraient pu dénicher l'oiseau sans que j'en sache rien. Une veine que j'aie été présent lors de l'arrivée des « renseignements complémentaires » sur l'ami Paulot. J'allais bien voir si c'était mon Dédé de Saint-Barnabé, celui qui attendait le retour de Jackie Lamour, le contacteur de Rote-Kartoffel. Faroux n'avait pas de mandat pour l'encrister. Toute cette expédition allait se borner à une parlote à la noix. Aucune preuve de quoi que ce soit contre ce type. En admettant qu'on l'embarque, sous des prétextes plus ou moins vaseux, il faudrait le relâcher sous peu... Et alors...

Je bourrai une pipe. Le tabac était humide, avec cette saloperie de gouttière, et je ne pus tirer qu'une unique bouffée de fumée, mais c'était égal : ça allait mieux. La situation n'était pas aussi désespérée que je l'imaginais. Qu'avais-je donc, à contracter ainsi le cafard, pour un oui ou pour un non ? Il est vrai que je jouais un drôle de jeu. Le plus dangereux de ma carrière. Un truc à se faire buter, par les uns et par les autres, en petit franc-tireur éclectique que j'étais. Et tout cela parce que je ne pouvais jamais abandonner une enquête sans en tirer le fin mot moi-même, qu'il me fallait la conduire jusqu'au bout, qu'il était contraire à mes principes d'offrir à la police officielle les éléments en ma possession et de dire : « Continuez. » Non, c'était moi qui voulais continuer. J'en faisais un point d'honneur. Marrant, ce mot ! Nestor est comme ça. Un drôle de mec ? Si vous voulez. On ne se refait pas. N'empêche que faire de la corde raide au-dessus d'un précipice était une raison supplémentaire de conserver son sang à une température polaire. Je revenais à ma position d'expectative. Bon Dieu, j'aurais donné gros pour savoir lire les fameuses lettres comme elles devaient être lues. Est-ce que Dédé savait les lire ? Jackie, elle, devait le savoir et Rote-Kartoffel aussi. A propos de Dédé, j'avais peut-être ma chance, dans les jours à venir. Seulement, si le commissaire l'échaudait, et s'il n'y avait que par lui qu'on puisse atteindre la danseuse, on était bons... et si... eh bien ! que faisait-il de l'heure, ce brave Florimond ? C'était une question à poser.

— Le soleil est couché depuis longtemps, dis-je.

— Pourquoi croyez-vous que je vous ai emmené ? ricana Faroux. Pour une fois, vous allez servir à quelque chose. J'espère que ces considérations d'heure légale ne sont pas pour vous arrêter, hein ? C'est vous qui allez visiter André Clément. Vous verrez si c'est l'interlocuteur de l'assassin de Maillard et si même celui-ci ne se cache pas chez son demi-frère. Vous allez vous débrouiller pour le ou les débusquer et leur faire prendre l'air. Une fois dehors, nous nous chargeons d'eux.

Il n'y avait rien à répliquer. D'ailleurs, encore que Florimond Faroux en usât un peu à son aise avec Nestor Burma, je n'étais pas mécontent d'avoir, le premier, l'honneur de voir Dédé seul à seul.

Dans un grincement prolongé de freins, la voiture stoppa brusquement.

**

Ce n'était pas une rue tellement moche et la maison devant laquelle nous nous arrêtâmes, lorsque Bonvalet eut dit : « C'est là », était même d'apparence cossue, autant que l'obscurité nous permit d'en juger. La porte cochère n'était pas fermée à clé. Nous entrâmes, puis, laissant les policiers dans le couloir, je me mis, seul, à la recherche de la concierge. Je frappai au carreau de la loge, mais personne ne répondit. Ce ne devait pas être une personne très consciencieuse qui ne bougeait pas de son poste. A ce moment, quelqu'un, ayant découvert le bouton de la minuterie, l'actionna, ce qui me permit d'aviser un groupe de boîtes aux lettres. Le nom *d'André Clément* figurait sur l'une d'elles, avec l'indication : *troisième droite*. Je gravis l'escalier aux marches poussiéreuses et à la rampe humide.

Je n'eus pas plus de succès « troisième droite » qu'au rez-de-chaussée. J'eus beau écraser mon doigt sur le bouton de sonnette, personne ne vint à l'appel. Je frappai, toujours pour un résultat identique, c'est-à-dire pour pas de résultat du tout. Il n'y avait manifestement personne de l'autre côté de l'huis. Dans un sens, ce n'était pas étonnant. Dédé n'avait pas une gueule à se coucher au crépuscule et Rote-Kartoffel, avant-hier, beaucoup plus tard dans la nuit, ne l'avait pas davantage trouvé au gîte. Je me dis que puisque Florimond Faroux se servait de moi et m'avait pour ainsi dire donné carte blanche, je devais en profiter. Je commençai à travailler la serrure et en vins à bout sans trop de mal.

Le petit appartement dans lequel je pénétrai aurait pu être coquet, n'eût été le désordre qui y régnait. Sur une table, un flacon d'apéritif et un cendrier fêlé voisinaient avec une paire de godasses. Des chaussettes sales traînaient sur une chaise. Le poêle, encore chaud, contenait une quantité anormale de cendres particulières : vraisemblablement un stock de paperasses brûlé en vitesse. Au-dessus du divan, une étagère supportait un appareil téléphonique. Je décrochai le combiné, le portai à l'oreille et raccrochai. Le téléphone fonctionnait.

Je bus à même la bouteille un peu d'apéritif, bourrai une pipe et entrepris d'examiner les lieux. Il semblait bien que Dédé se fût débiné. Ça ne me plaisait pas.

Je pris un tisonnier, fouillai les cendres du poêle et ne trouvai rien. Tout était parfaitement consumé. Et ce fut alors qu'en me redressant, je vis, au milieu de toute cette pagaille, un gant de cuir. Je le pris. Au médius, là où s'apercevait la marque d'une bague, la peau était déchirée. Il y avait une tache suspecte, comme du sang. Je regardai l'intérieur du gant. Il était marqué : *Waldin-*

ger, Berlin. J'enfouis le gant dans ma poche et allai au téléphone.

J'appelai le *Moderne* et demandai Marc Covet. On me fit poser un instant pour m'apprendre que le journaliste n'était pas là.

— Pouvez-vous me mettre en communication avec M. Korb ? dis-je.

— M. Korb ?

— Oui, appartement 109.

— Ah ! M. Korb, oui. Ce monsieur n'est plus chez nous, monsieur. Il a demandé sa note ce soir et est parti aussitôt.

Je dis : « Merci », parce que telles sont nos mœurs civilisées. On remercie même les types qui vous annoncent des catastrophes.

***

Je rejoignis les policiers et « rendis compte ».

— Sale contretemps, gronda Florimond Faroux. L'oiseau a dû penser qu'on l'atteindrait par son frère et il a préféré en jouer un air, hein ? Puisque vous avez déjà jeté un coup d'œil là-haut, Nestor Burma, on va vous imiter, quelle que soit l'heure ou qu'on soit ou non munis de mandat. Au point où nous en sommes...

Je les guidai et nous restâmes un bon moment à farfouiller dans l'appartement. Pour des haricots. Nous allions quitter l'immeuble, lorsque nous nous heurtâmes, sur le pas de la porte, à une personne d'un certain âge, aux allures de virago. Elle nous toisa d'un œil inquisiteur et s'enquit, d'une voix de rogomme, des raisons de notre présence dans la maison. C'était la pipelette, rentrant du cinéma ou d'une visite café-rhum à une de ses collègues.

— Police, dit Faroux. Nous cherchons après un de vos locataires : André Clément.

— Police ou pas police, bougonna-t-elle, il ne reçoit des visites que la nuit, alors, celui-là ?

— Que voulez-vous dire ?

— Dites donc, on serait peut-être mieux dans mon cagibi, pour causer, non ? C'est mortel, ce corridor, avec cette saloperie de flotte.

Nous la suivîmes dans sa loge. L'endroit sentait l'oignon et le renfermé. Elle fit la lumière. L'ampoule était de faible voltage et répandait une lueur rougeâtre, assez sinistre. Je pris une chaise dépaillée et m'assis, juste sous le portrait d'un type qui avait dû être le mari de cette femme, et qui en était mort, peut-être, à moins qu'il ne se soit débiné avec quelque chose de mieux.

— Z'avez une sèche ? demanda la concierge, en guise de préambule.

Florimond Faroux lui colloqua une cigarette et exigea en échange tout ce qu'elle savait sur son locataire. Comme le bavardage, même avec les flics, paraissait être le rayon de cette femme, elle y alla franco.

De tout son baratin, il n'y avait que deux choses à retenir.

La première était qu'André Clément avait reçu une visite, l'autre nuit, il y avait deux ou trois jours. Un type qui avait frappé partout, perdu qu'il était dans l'obscurité, n'ayant pas trouvé la minuterie. Elle s'était levée, pour voir ce qui se passait et le type lui avait demandé où perchait André Clément. Nous lui demandâmes de nous décrire le visiteur nocturne et elle s'y employa plus ou moins heureusement. Cette description ne dit rien à Faroux, mais moi, je reconnus, fort de mes tuyaux personnels, mon petit camarade Rote-Kartoffel. La deuxième chose concernait le même personnage. Il était revenu ce soir avec une voiture. Ou c'était peut-être André Clément qui était allé chercher la voiture. Elle ne pouvait préciser. Toujours est-il qu'il y avait une auto devant la porte et que dans l'auto il y avait le type et Clément et qu'ils s'étaient débinés ensemble. Clément avait dit à la concierge qu'il s'absentait pour deux ou trois jours et qu'elle ne s'occupe pas du courrier. La bonne blague ! Il n'en recevait pour ainsi dire pas, de courrier. C'était facile de s'en occuper. André Clément portait une valise et peut-être qu'il y avait une autre valise sur les coussins de la bagnole. A quelle heure se situait cet incident ? Vers 7 h 30. Oui, 7 h 30, ce devait être ça. C'était lorsqu'elle était sortie, quoi.

Ces renseignements, s'ils confirmaient mes suppositions, ne nous étaient d'aucun avantage. Le commissaire eut beau dresser à l'issue de notre entretien avec la virago, tout un plan de campagne, avec surveillance du courrier, de la maison, recherches aux P.T.T. et dans les endroits publics fréquentés par André Clément, je n'avais plus beaucoup d'illusions.

Pour moi, les carottes étaient cuites, la boucle bouclée et la piste perdue. Autrement dit, tout foutait le camp et j'aimais mieux ne pas songer à ce qu'il était advenu de Marc Covet.

*
**

Il ne lui était pas arrivé le pire, comme je le craignais. Il en avait simplement pris un bon coup. J'appris cela le lendemain matin. J'étais encore sur ma paillasse du *Toufruit*, plutôt amorphe. Il devait être entre huit et neuf heures. Jean Rouget s'amena, l'air hilare.

— On te demande au téléphone, dit-il. J'ai mis un siècle à comprendre qu'on désirait te parler. Tu ferais pas mal de te curer les oreilles, avant d'aller à l'appareil, parce que le type a des difficultés d'élocution. Il jacte exactement comme s'il avait la bouche pleine de pommes de terre chaudes... Paraît qu'il se nomme Covet, mais je n'en crois rien parce que ce Covet... Au fait, c'est vrai, j'avais oublié... Hier, vers 6 h 30 — tu n'étais pas là —, ce Covet a déjà téléphoné...

Je n'écoutais plus. En chemise, j'étais déjà dans le bureau de Rouget, pendu à l'appareil.

— Allô, Marc ? Oh ! bon Dieu ! que je suis heureux de vous entendre. Je vous croyais mort.

— ... ouhour ahant...

— Quoi ? Du mal à parler, hein ? On vous a passé à tabac ?

— Un ou oridable... enez... aconterai...

— Bon Dieu, Marc, j'arrive tout de suite.

Je retournai enfiler mes frusques et, sans prendre la peine de me débarbouiller, grimpai sur un vélo et pédalai en direction du *Moderne*. Je trouvai Covet dans sa chambre, plutôt taciturne. Il arborait une sorte de collier de barbe rose et un monocle fumé. Examinés de plus près, il apparaissait que la barbe rose était constituée par du taffetas gommé et que l'œil était tout simplement au beurre noir.

— C'est le boulot de Rote-Kartoffel, hein ? dis-je, sans craindre de me tromper.

Il inclina affirmativement la tête.

— Par hasard ou parce que vous le suiviez ?

— Je suppose que c'est parce que je le suivais.

— Je me demande pourquoi il vous a laissé la vie sauve.

Les yeux du journaliste — son œil, plutôt, celui qui pouvait encore se permettre pareil luxe, flamboya.

— Toujours plein de tact !

— Vous fâchez pas. Racontez-moi comment cela vous est arrivé ?

— Korb est sorti une première fois et j'aurais dû me méfier, commença le journaliste. C'était un coup de sonde. C'est un type qui a du nez et il devait flairer que j'étais attaché à ses pas. Donc, il est sorti une première fois, histoire de voir ses soupçons confirmés. Un tour de rien du tout, mais qui lui a suffi. La deuxième fois, nous sommes allés baguenauder assez loin. Il cherchait l'endroit désertique à souhait où il pourrait m'entraîner pour me dire deux mots le jour où il aurait marre de ma surveillance. Il a trouvé cela sur les docks. En regagnant l'hôtel, il est entré dans une pharmacie. Sans doute pour acheter la drogue qu'il m'a fait respirer, plus tard. Dans l'après-midi, un individu assez agité est venu le demander.

— Un moment. Ce type ressemblait-il à cela ?

Je décrivis Dédé du mieux que je pus.

— Exactement, approuva Covet.

— Très bien. Continuez.

— Vous... Atchoum ! Aïe !

La figure du malheureux reporter tourna à la couleur aubergine pas fraîche. Il trouva cependant assez d'énergie pour cracher un blasphème retentissant et poursuivit :

— Non content de me faire casser la gueule, il a fallu que je m'enrhume dans l'endroit nauséabond où votre client m'a laissé mariner. Et chaque fois que j'éternue, vous ne pouvez pas savoir ce que j'en bave.

— Je compatis, dis-je, mais ne vous plaignez pas trop. Il aurait pu vous tuer ou vous faire mettre en cabane et diriger sur un camp de concentration. L'extraordinaire, dans l'affaire, c'est qu'il se soit contenté de vous molester. Je ne m'explique pas ce comportement de la part d'un personnage qui a le bras si long. Le bras si long ! Et tomber sur vous à bras raccourcis !

Marc me lança un regard dépourvu d'aménité.

— Oh, ça va, Burma. Pas de consolations humoristiques.

— Mais je ne plaisante pas.

— Voulez-vous connaître la suite de l'histoire ou

non ? Si vous m'asticotez encore, je trouverai suffisamment de force pour vous flanquer dehors.

— Ma parole, ça vous réussit, les torgnoles. Allez, je la ferme. Accouchez.

— Après la visite de votre Dédé, j'ai téléphoné au *Toufruit*. Vous n'étiez pas là. Ensuite, Korb est sorti une nouvelle fois et j'ai repris la filature. Nous avons atteint les docks. La nuit tombait. L'endroit était lugubre. Et quelle sale odeur ! Soudain... J'étais à une bonne distance du type et pourtant... ça été foudroyant. Il a été sur moi en un clin d'œil. Je l'ai eu sur le mannequin avant de pouvoir dire ouf. Et j'ai commencé à en prendre plein le porte-pipe. Il devait user d'un poing américain...

— Non, expliquai-je, une simple bague. Mais le fait est qu'il a dû taper dur. Il en a déchiré son gant.

— Je suis bien aise d'apprendre qu'il avait des gants, grommela Covet. Je ne m'en suis pas aperçu. S'il n'en avait pas eu, qu'est-ce que ç'aurait été alors, dites... Bref, je me suis réveillé, je ne sais combien d'heures plus tard, sous un hangar, parmi le courant d'air glacé, les rats et la pluie. Et avec un de ces maux de crâne, pardon ! Il était dû autant aux gnons qu'à la drogue que le Korb m'avait fait respirer pour que je me tienne tranquille. Ne me demandez pas comment je suis revenu ici. Puisque je suis là, c'est que j'ai dû rentrer. Ce résultat me suffit. Je me souviens seulement que j'avais perdu toute prudence et que je voulais dire deux mots à mon agresseur. J'ai tout de suite demandé après lui. On m'a appris qu'il avait levé l'ancre.

— Exact, confirmai-je. Il s'est tiré avec Dédé et ils ont dû aller rejoindre Jackie Lamour, le diable sait où. Dans la journée d'hier, Dédé a dû recevoir un message de la danseuse. Elle est peut-être arrivée à ses fins auprès de Fernèse. Total, si vous n'avez jamais vu un type qui se heurte à un mur, regardez-moi. Je suis ce type.

Covet porta les mains à sa tête douloureuse.

— J'aimerais bien, comme vous, me heurter à un mur de ce genre, gémit-il. Ça provoque moins de bleus que le heurt de certains poings.

— Ah, oui, vos bleus ! fis-je, après une courte méditation. Parlons-en. Ils constituent bien l'élément le plus extraordinaire de ce micmac. Je collectionne pas mal de surprises, depuis quelques jours, mais celle-ci les dépasse toutes. Comment ! voilà un flic allemand qui se double d'un homme de précautions ; nous en avons eu des exemples. Il prépare des lettres, préfère aller voir les gens ou se faire rendre visite par eux que téléphoner, etc. Et alors qu'il pourrait se débarrasser d'un gêneur en le faisant coffrer, il se contente de l'évincer au moyen d'un vulgaire passage à tabac ? Comportement plutôt bizarre de la part d'un membre de la Gestapo ou assimilé, non ? C'est incompréhensible, mais il vous a ménagé, mon vieux. Je m'en félicite pour vous, mais je me demande si, non content d'avoir perdu toutes les pistes, de rester le bec dans l'eau — ce qui est profondément ridicule pour un détective de ma réputation —, je ne suis pas passé comme un imbécile à côté d'une certaine fameuse occasion...

— Que voulez-vous dire ? interrogea le journaliste.

Ça continuait à l'intéresser, cette affaire, en dépit des coups qu'on y récoltait. Je considérai mon ami, haussai les épaules et restai coi. Je ne pouvais vraiment pas lui expliquer ce que je voulais dire.

187

CHAPITRE XVI

SURPRISE-PARTY

La fille versa le liquide opalin au « louchissement » garanti — régime rigoureusement anti-Vichy. Vingt-quatre heures s'étaient écoulées depuis la fuite motorisée de Rote-Kartoffel et Cie. Je les avais senties sombrer dans l'éternité, seconde par seconde. Je ne me souvenais pas en avoir jamais passé d'aussi moches. Au plus fort de ma déconvenue, j'avais découvert ce petit bistrot sympathique. Une veine, en un sens ; mais ça ne m'avait pas tellement requinqué. Depuis lors, je m'y imbibais de pastis. La serveuse, avec sa binette de lectrice de romans populaires, devait se dire que j'étais un drôle de corps, un type qui noyait ses chagrins d'amour, pour sûr. J'essayais simplement de me stimuler la jugeote. Je me dopais ; et pour un résultat plutôt miteux. Nul doute qu'à l'heure actuelle, Jackie Lamour et ses copains, en admettant qu'ils ne soient pas parvenus à leurs fins, devaient vachement asticoter Victor Fernèse. Cela devait se passer quelque part en France, selon la formule bien connue, et comme je ne pouvais pas entreprendre la prospection, morceau par morceau, des quelque cinq cent mille kilomètres carrés qui forment la superficie de ce pays, alors, j'étais là, en train de boire un coup. J'attendais peut-être que la môme Terpsichore m'envoie une carte postale pour m'informer du lieu où je pouvais la rejoindre. A propos de carte, j'en avais reçu une d'Hélène. Tout allait bien ; elle n'avait pas été inquiétée. C'était l'unique rayon de soleil depuis vingt-quatre heures. Savoir qu'il n'était *rien* arrivé à ma secrétaire me rebectait un peu. Mais c'était insuffisant. Si ça pouvait me consoler, ça n'allait pas plus fort du côté de l'Evêché et Tour Pointue réunis. On fouillait le passé d'André Clément, on cherchait à savoir qui lui avait téléphoné récemment et qui il avait appelé. Pour des dattes, j'en étais convaincu. On avait aussi posté un factionnaire dans l'appartement déserté et ce factionnaire, à mon avis, faisait une coquette paire avec son collègue qui poireautait au Cap Croisette, dans l'attente des guibolles de la danseuse. Pour ce dernier, s'il n'y avait que cette vision d'art qui pût lui procurer des frissons, il pouvait faire son deuil de toute volupté. Mon avis était que, désormais, pour apercevoir Jackie et Dédé dans la région, de fameux yeux seraient nécessaires. Bref, l'ami Faroux, aussi pantois que moi et toute routine braquée, tournait en rond et, avec Bonvalet et Grégoire sur les talons, ils me rappelaient tous trois les personnages de l'affiche Ripolin. Naguère, ça m'aurait fait marrer, cette évocation. Aujourd'hui, il m'en fallait davantage pour me dérider. D'autant plus qu'il n'était pas exclu que le commissaire — à mon instar —, me celât certaines choses. Fameux climat de confiance ! Je ponctuai mes ruminations d'un coup sur la table. La bonniche se méprit sur le bruit et accourut.

— Un autre ? demanda-t-elle, en personne qui commence à avoir l'habitude.

Elle avait apporté la bouteille, à tout hasard.

— Bien tassé, dis-je, presque jovialement.

Car, brusquement, l'espoir renaissait. Depuis que j'étais dans le bain, j'avais un peu trop négligé le côté Fernèse et c'était pourtant le plus important. Il est vrai que les événements s'étaient déroulés si vertigineusement qu'ils ne m'avaient guère permis de prendre une initiative quelconque. Mais puisque, par la force des choses, je n'avais plus à m'inquiéter de certains oiseaux, l'occasion s'offrait d'exhiber le contenu de mon crâne réputé. Je venais de penser — avec un siècle de retard —, qu'une visite à Saint-Gaudens pouvait ne pas s'avérer inutile.

**

J'arrivai à Saint-Gaudens le lendemain à la fin de l'après-midi, alors que le crépuscule plaquait partout ses ombres sur le paysage montagneux. J'y vins par la route, via Carcassonne, grâce à Jean Rouget qui, en sa qualité de directeur du *Toufruit,* entretenait des relations dans les milieux des camionneurs et m'en avait déniché un allant justement dans cette direction. Le gazogène ne tapait pas le 140, mais c'était malgré tout un moyen de locomotion plus agréable que le train.

Saint-Gaudens elle-même ne différait pas sensiblement d'une autre petite ville de province. Mais, sorti de l'agglomération, ça changeait. De-ci, de-là, des derricks s'érigeaient, faisant de cette région un paysage mexicain, chaleur en moins, parce que je vous garantis que ça pinçait plutôt. Mon trench-coat ou rien, c'était exactement la même chose pour me protéger du froid.

Ma première visite fut pour une sorte de baraquement, nanti d'une pancarte sur laquelle on lisait : SOCIETE DU SUD-OUEST, et qui, lui, faisait Far West en diable. C'était un bureau où ne régnait pas une activité particulièrement fébrile. Un gardien l'occupait, qui ne m'aurait pas surpris s'il m'avait déclaré être le dernier survivant de Reichshoffen. Mais il ne me le dit pas. Il eut déjà assez de mal à m'indiquer une personne plus qualifiée que lui pour me tuyauter sur Victor Fernèse. Ou il n'était pas bavard ou sa langue commençait à se paralyser. Je penchai pour cette dernière hypothèse.

Je revins à la ville et eus toutes les peines du monde à trouver la maison que ce gardien tombant en ruine m'avait indiquée comme étant le domicile de celui qu'il appelait M. le directeur. Enfin, j'y parvins. La femme qui m'ouvrit la porte m'informa que M. le directeur était en voyage depuis deux jours et qu'on n'attendait pas son retour avant deux autres, détail qu'avait omis de me signaler le cerbère gâteux. J'insinuai qu'il existait peut-être un sous-directeur ou un sous-sous-directeur. Mme la directrice — mon interlocutrice devait être quelque chose comme ça —, m'indiqua M. Gautarel, la rue d'après.

C'était un homme jeune, d'aspect sympathique.

— Je suis détective privé, exposai-je, en substance. Je recueille pour un de mes clients le plus de renseignements possible sur Victor Fernèse, un ancien ingénieur de la société. Je recherche surtout les personnages qui l'ont connu en 1939. Etes-vous du nombre?

— Non, me répondit-il. Je ne suis ici que depuis un an. Je n'ai donc pas connu personnellement Fernèse, mais j'en ai entendu parler par quelqu'un avec qui je peux vous mettre en rapport.

Cette proposition était d'autant plus séduisante qu'elle ne pouvait être mise à exécution que dans une sorte de grange où une nombreuse assistance ingurgitait des boissons variées, toutes portes closes et en cachette du Maréchal. Le type qui avait connu Fernèse n'était plus de la première jeunesse. A la façon dont il levait le coude on ne pouvait pas faire autrement que constater que l'alcool conservait. M. Gautarel établit le contact, puis s'éclipsa.

Nous prîmes place à une table rugueuse, un peu à l'écart. Je commandai du vin rouge et commençai à interviewer l'ancêtre. S'il avait connu Fernèse? Tu parles! Il m'en raconta la valeur d'un Bottin, édition du temps où le papier abondait. Mais ce qu'il m'apprit avoisinait le zéro. Je cherchais un collègue de l'ingénieur, ou un camarade d'idées, quelqu'un qui ait partagé ses travaux, à qui il se soit confié, peut-être. Avec le vieil ivrogne, j'étais loin de compte. Mais ne connaissait-il personne qui répondît à mes désirs? Le vieux fit la moue et reprit du vin rouge. Avec cette guerre, il y avait eu tellement de changements. Et Matitch? Ce nom ne lui rappelait rien? Non. C'était un étranger, un ami de Fernèse. Il ne voyait pas? Ah! l'étranger? Oh! ce n'était pas un ami de Fernèse. On les rencontrait souvent ensemble, certes, mais c'était le boulot qui voulait ça. Un ami... Vous comprenez, moi, l'amitié, je vais vous dire comment je vois la chose... Comment voyait-il Sdenko Matitch, plutôt. Savait-il quelque chose sur lui? Non, il ne savait rien. Pour en revenir à l'amitié... Il n'y avait pas autre chose que du vin, ici? Puisqu'il s'avérait que j'avais fait ce voyage pour rien, autant prendre une bonne cuite. Ça dédommagerait. Le patron confectionnait un truc pas trop mauvais à avaler. Voulais-je y goûter? Nous y goûtâmes. C'était un vache décapant. Le patron devait fabriquer cette mixture avec le pétrole du coin.

— Ecoutez, bafouilla soudain le vieux, au milieu de sa énième dégustation et les yeux clignotants. Il y a un type qui pourra mieux que moi vous tuyauter sur l'étranger en question. Et peut-être aussi sur Fernèse, quoiqu'il y ait doutance. Mais sur l'étranger, c'est plus sûr. Il le logeait, alors... Il s'appelle Raoul. C'est à deux kilomètres d'ici. Vous pouvez y aller ce soir. Il ne se couche jamais avant deux heures du matin. C'est un Toulousain, un type de la ville qu'a pas les mêmes mœurs que nous autres. C'est pour ça qu'il tient une auberge. *Relais du Bon Puits,* que ça s'appelle. A cause des autres puits, sans doute. Avant, ça s'appelait pas.

C'était l'auberge, tout court. Vous voulez que je vous indique le chemin ? C'est sur la route de Tarbes.

Trempant son doigt tavelé dans les cercles poisseux imprimés par les culs de bouteilles, il traça des signes sur la table rugueuse.

— Tiens, observa-t-il, tout à trac, ça me fait penser que pour arriver chez Raoul, il vous faut passer devant la maison de Fernèse... Eh bé, oui, quoi ! Il avait une maison. Pouvait pas coucher dehors. Cette maison est toujours là, forcément. A l'époque, c'était déjà une bicoque, mais maintenant, 'fant de garce ! Un vrai nid à hiboux, si les hiboux sont pas dégoûtés...

Le discours dura un bon quart d'heure. Enfin, le vieux revint à ses exercices topographiques. Alors, j'avais bien compris, hé. Je prenais la Grand-Rue à main droite. Ensuite... etc.

Je me levai, plutôt lourd. C'était ce tord-boyaux. Lorsque je me trouvai dans la rue, tout était noir ; la nuit et moi-même. Pourvu que ce Raoul ait un plumard à louer !

La nuit était froide. Je grelottais, sous mon dérisoire trench-coat. En plus, j'avais faim. Je hâtai le pas. Le vent vif me fit du bien, me dégrisa un peu. Malgré cela, je butais de droite et de gauche. La route n'était pas fameuse. Heureusement, la lune se leva et je pus me diriger plus aisément.

Je fus bientôt en vue d'une minuscule villa que, d'après les propos du vieux, j'identifiai pour la maison de Fernèse. Elle s'érigeait en retrait de la route, perchée sur un petit mamelon. La lune la baignait d'une lueur blafarde et en découvrait toute la misère. De l'autre côté, se profilaient les squelettes des derricks, semblables à d'immenses et mystérieuses bêtes menaçantes. Je me dis que c'était là, dans cette masure d'apparence inoffensive, encore qu'un peu vénéneuse, que Victor Fernèse avait mis au point sa fatale découverte, génératrice de morts violentes. Pour un pacifiste ! « Foutu berceau, songeai-je. Drôle de couveuse ! » Machinalement, je m'approchai de la maison morte. Un poteau supportait les vestiges d'une boîte aux lettres pourrie. Tenue par une unique vis, une plaque subsistait encore ; une plaque d'émail tout écaillé. Je déchiffrai : V TOR RNESE. Au moins celui-là avait toujours porté son vrai nom. Je me mis à rêvasser — mon ivresse, encore très prononcée, devait y être pour quelque chose —, et, j'ignore comment, je me trouvai à l'intérieur de la maison. Je longeai un couloir. Il faisait un coude brusque. Alors, je m'immobilisai et revins sur terre d'un seul coup : un rai de lumière sale filtrait par une porte mal jointe.

Je repris ma marche en avant, à pas de loup. On parlait dans la pièce voisine. Le battant était plus écarté que je n'aurais cru. En approchant mon œil tout contre la fente lumineuse, je devais découvrir un champ de vision relativement étendu. Je risquai un regard... Mon ivresse commençait nettement à s'améliorer. Ce que je vis l'atténua encore... en attendant ce qui devait me dessaouler complètement et qui me pendait au nez comme un sifflet de deux sous.

Deux fumeuses lampes à pétrole éclairaient la scène d'une lueur équivoque. Le mobilier était restreint et n'avait jamais dû être garanti pour longtemps. Il se composait d'une table bancale, de quelques caisses, d'un placard, sans doute scellé au mur et c'est pourquoi il était toujours là, de quelque chose qui avait dû être un fauteuil, tout cela extrait récemment d'une cave ou d'un grenier et vermoulu à souhait. Chapeauté, pardessus sur le dos et cache-nez, pas rasé depuis une paye, installé comme chez lui, mais l'air ennuyé, Rote-Kartoffel occupait le fauteuil. Un second personnage, en qui je reconnus Dédé, allait et venait dans la pièce, l'emplissant de l'ombre multipliée de sa silhouette. Il avait le teint plombé et son visage, sombre au menton et à la lèvre supérieure, exprimait l'ennui, comme celui de Rote-Kartoffel. Enfin, un individu hagard, vêtu de haillons découverts dans je ne sais quel invraisemblable décrochez-moi ça, se tenait dans un angle, comme une bête traquée : Victor Fernèse.

— C'est de la vraie rigolade, votre thérapeutique, grogna l'Allemand. Vous n'arriverez jamais à rien. Le mieux serait d'accepter le marché que je vous ai proposé. *Mein Gott*, je me demande pourquoi je suis venu ici. De toute façon, que vous acceptiez ou non, moi je ne puis attendre plus longtemps. J'en ai assez de vivre comme un ermite, de me terrer, de mal dormir et rien manger, ou si peu. Je reste encore un jour et puis, je pars. Vous vous débrouillerez avec votre fou.

— Ce n'est pas moi qui commande, soupira le nervi. Mais vous savez bien comment elle est. Elle ne veut rien savoir. Elle se figure qu'elle va lui arracher son secret, à cette andouille. Qu'il va le lui apporter sur un plateau d'argent, parce qu'elle l'a retrempé dans l'ambiance de sa première élaboration, comme elle dit. Bon Dieu, quand j'entends jacter comme ça, moi, ça me fait suer.

Je me dis que c'était peut-être le moment d'intervenir, histoire de le faire suer davantage, quoique la température ne s'y prêtât point. Je portai la main à ma poche et...

Je sentis une pression entre les côtes. On y appuyait quelque chose que j'aurais pu prendre pour un tuyau de pipe, si j'avais été optimiste, mais je ne l'étais pas.

CHAPITRE XVII

POMME DE TERRE ROUGE
OU ROSBEEF SAIGNANT ?

— Fous-les en l'air et entre là-dedans sans faire le Jacques, espèce de crétin ! susurra une voix féminine, en usant de termes plus crus, car Jackie Lamour possédait incontestablement une jolie bouche, mais au service d'une éloquence spéciale.

J'obéis. Elle poussa la porte du pied.

— Voici de la visite, annonça-t-elle.

Nous fîmes une entrée assez réussie. Dédé s'arrêta net dans sa promenade d'ours encagé. Rote-Kartoffel esquissa un mouvement pour décoller sa lourde masse du fauteuil pisseux. Pour être babas, ils étaient babas ! Et plus moches encore de près que de loin. Il devait y avoir un sacré temps que les services du rationnement n'avaient pas distribué de savon, dans le coin. La danseuse leur faisait la pige. Sa robe était fripée, ses bas tournaient, une maille filait à l'un d'eux et son maquillage était négligé. Tout cela lui donnait un genre.

— Et alors, mon mignon, j'ai l'impression qu'on s'est déjà vus quelque part, ironisa-t-elle.

Les bras au ciel, fait comme un rat, j'avais beau avoir bonne mine, je ne me laissai pas démonter.

— Au *Fourcy,* peut-être. J'y vais souvent.

— Tâche d'être poli.

— Tiens, tu sais donc ce que c'est ?

Elle prit ça très mal. Je ne l'aurais pas crue si susceptible.
— Espèce de sale...
La fureur l'aveugla. Elle me balança une gifle. Je n'attendais que ça pour lui faire sauter son pétard. Je le fis, en même temps que je lui allongeais une droite foudroyante en plein dans sa glorieuse paire de roberts. J'aurais de beaucoup préféré les lui caresser plus gentiment, car ils en valaient la peine, mais cette tueuse ne me permettait pas le choix. Le souffle coupé, la môme Terpsichore recula en se comprimant le buffet. Je portai aussi sec la main à la poche pour y prendre mon arme. Une détonation claqua, mais elle n'était pas produite par mon feu. Je ressentis au bras comme un coup de marteau à devant chauffé au rouge. Je chancelai, tournai la tête. Dans l'encadrement de la porte ouvrant sur le couloir à surprises, s'inscrivait la silhouette de Paulot, un eurêka fumant au poing. La gouape venait de me faire payer son passage à tabac de Saint-Barnabé. Mais, dans son esprit, ce n'était qu'un acompte. Lui, Dédé, et même Jackie, me sautèrent sur le patelot et commencèrent à me faire jouer le rôle de la pièce de métal dans un documentaire sur les laminoirs. Je m'injuriai pour avoir aspiré si ardemment, à la sortie du bistrot, à la station horizontale. Maintenant, je sentais que j'allais être exaucé. On pouvait demander la civière. Je ne crois pas que Rote-Kartoffel ait participé à la bigorne. Bon Dieu ! c'était assez des autres ! Il me semble l'avoir vu éloigner prudemment les lampes de notre champ d'activité. Cependant que nous nous donnions ça comme si nous étions aux pièces, cette agitation secoua le cinglé. Le pauvre type se mit à gueuler : « Lawrence ! Lawrence ! Cinquième Procédé ! Cinquième Procédé ! » que c'en était déchirant. Ça me faisait encore plus mal que les horions que j'essuyais... C'est à ce moment-là que je dus partir dans les pommes.

*
**

Je remontai de l'abîme avec une lenteur désespérante. Dans le monde entier le tocsin sonnait. Ou le feu embrasait la planète ou une nouvelle guerre venait d'éclater. De toute façon, j'étais en dehors du coup, n'ayant plus ni bras ni jambes. Un bourdonnement lointain succéda aux cloches. Ensuite, je perçus quelques mots de-ci, de-là. Je ne leur donnai pas immédiatement un sens. Peu à peu, tout se remit d'aplomb. Ma tête avait dû tripler de volume et me faisait salement mal. Plus mal que le bras qui avait dégusté, lequel avait été pansé, me sembla-t-il. Je compris aussi que j'étais ligoté avec des fils de fer. Ils pénétraient ma chair endolorie. Autour de moi, on discutait. J'ouvris prudemment un œil.

Devant Rote-Kartoffel et Jackie Lamour assis, Dédé arpentait la pièce, à son habitude. Une cigarette au bec, la danseuse était échevelée et sa robe présentait de nombreuses déchirures, témoignage de mon altruisme ; si j'avais reçu des jetons, j'en avais distribué également. Le fou avait quitté la pièce, ainsi que Paulot, qui devait être son gardien.

Le trio discutait le coup et ne paraissait pas faire attention à moi. Je m'abstins de tout mouvement. D'abord parce que cela m'était pénible et ensuite parce qu'il serait toujours temps à retomber au pouvoir de ces citoyens. Là, à simuler l'évanouissement, encore que ça manquât de charme, j'étais tranquille et presque loin d'eux.

J'étais allongé sur le parquet poussiéreux, derrière la table bancale, c'est-à-dire un peu à l'abri des regards. J'avais repris totalement mes esprits et mes yeux allaient et venaient. Le sol était jonché de saloperies et je ne fis pas attention tout de suite à un papier sur lequel j'avais quasiment le nez. C'était un papier couvert d'un texte dactylographié que je pouvais déchiffrer, en dépit de la lumière défectueuse, à condition de faire un certain effort de volonté. Ce qui, soudain, me tira l'œil, fut de découvrir que ce texte était rédigé en allemand. Lentement, je bougeai la tête, de façon à l'incliner selon un angle facilitant la lecture. Je n'épargnai pas ma peine, j'en avais les yeux douloureux, et des mots m'échappèrent. Néanmoins, le peu que je compris était suffisant pour me permettre une exacte reconstitution du tout.

Le document provenait du Bureau *Nachforschungen und Untersuchungen* de la *Petroleum Gesellschaft*, c'est-à-dire de la Section *Etudes et Recherches,* un organisme secret de la *Société des Pétroles*. Adressé à l'Agent M5, il enjoignait à celui-ci de se mettre en rapport avec… (Dédé, sans doute). Je notai encore les mots allemands signifiant : *accord, achat, découverte,* et enfin : *Cinquième procédé,* en français.

Ce papier appartenait vraisemblablement à Rote-Kartoffel et avait dû glisser de son portefeuille à un moment ou à un autre. Quoi qu'il en fût, ce n'était pas la façon dont il était parvenu sous mes yeux qui importait. Le fait capital résidait en ceci que ces instructions constituaient le type même du document hautement secret et confidentiel, « à lire et à brûler », et qu'il n'avait pas été brûlé du tout, justement.

Une curieuse idée m'avait déjà frappé, lors de ma dernière entrevue avec Covet. La vue de ce papier et les réflexions auxquelles m'incita sa lecture me…

— Alors, poulet, tu es de nouveau revenu parmi nous ?

Tout à mes pensées, je ne m'étais pas aperçu que la furie s'était approchée. Elle ponctua ses paroles d'un solide coup de targette.

— Alors, c'est ça le fameux Nestor Burma, hein ? poursuivit-elle. Mon salaud, on peut dire que tu m'as joué un sale tour. Mettez-le debout, André, qu'on voie un peu mieux sa sale gueule.

Le nervi s'approcha, me saisit sans ménagements et me dressa contre le mur, kif-kif la momie de Tout-Ank-Amon ou une planche. Une planche qu'on s'apprêtait à vachement raboter. Jackie Lamour m'administra alors une double gifle aller et retour d'une telle violence que je faillis retourner au sol. Elle était absolument déchaînée.

— Tu vas tout de suite me dire quelle place tu tiens là-dedans, éructa-t-elle. Ah! monsieur est un affranchi, monsieur est un faucheur d'autographes? Ce coup-là, j'aurais déjà eu du mal à le digérer, parce que tous les emmerdements que j'ai eus depuis viennent de là, mais te retrouver encore dans mes pattes, plus tard, y a de l'abus. Allez, ouvre-la en vitesse, sinon je vais te faire parler par les yeux à l'aide de ma pince à ongles.

Elle l'aurait fait comme elle le disait, cette garce.

— Oh! ça va, dis-je, d'un ton soumis. (Pour le moment, je ne voyais pas quelle autre attitude adopter.) Oui, c'est moi qui vous ai fauché les bafouilles. Pouvais-je savoir que vous y teniez tant que ça, moi? Je suis détective privé, Bon Dieu, pas un enfant de chœur. Un client me paye pour effectuer un boulot, je le fais. Ensuite, je m'imagine que le client en question a voulu me mettre en l'air. Je pars à sa recherche pour lui parler du pays. Il a dégusté, à son tour. Qu'est-ce que vous voulez? Ça m'excite, moi, ce genre de trucs. Alors, je commence à fureter partout, parce que je suis un petit curieux et que je n'aime pas qu'on me marche sur les pieds, et que justement au début de cette affaire j'ai l'impression qu'on s'est servi de moi comme d'un pion.

Elle ricana, alla à la table sur laquelle je vis alors qu'on avait déposé le contenu de mes poches, et désignant les billets de banque :

— Bernard ne s'imaginait pas, ce jour-là, qu'il passait

commande de ton cercueil et du sien propre. André, ramassez-moi ce pognon et fourrez-le dans mon sac. C'est toujours cela de récupéré. Et prenez ça aussi (Elle tenait mon revolver.) Tu parles d'un morceau ! T'es assez costaud pour traîner un outil pareil dans ta poche, Nestor ? Un pétard espagnol, hein ? Je vais le conserver en souvenir de toi. Quand on me demandera de qui je le tiens, je répondrai que c'est d'un détective privé qui raffolait tellement des corridas qu'il a voulu à toute force tenir le rôle du taureau dans une mise à mort.

Elle poursuivit sur ce ton furibard. Cependant qu'elle m'abreuvait de sarcasmes, Rote-Kartoffel s'était dévissé de son siège. Sans un mot, très froid, il farfouillait lui aussi dans mes affaires, paraissant choisir un trophée, comme Jackie. Il regarda mon stylo comme s'il était unique, scruta mes papiers. Ses doigts rencontrèrent une petite boîte rouge et il entreprit de jouer avec. Je me demandai ce qu'elle fichait là, cette boîte rouge. Normalement, sa place était à Paris, mais j'avais oublié de l'y laisser et devais la trimbaler dans un coin de poche depuis le 6. Elle contenait une lentille additionnelle pour Rolleifleix, un accessoire de précision pour photographier de près assez fragile. J'espérais qu'il avait résisté à toutes les bagarres. Rote-Kartoffel ouvrit machinalement la boîte. Je me rendis compte que la lentille était intacte, toujours enveloppée dans son papier de soie. L'Allemand referma la boîte, la conserva dans sa main, revint à mes papiers. Cependant que la danseuse continuait à m'agonir, il me regarda droit dans les yeux.

— Détective privé, hein ? dit-il, comme s'il ne le savait pas, et appuyant son interrogation qui n'en était pas une d'un drôle de regard, d'un drôle de sourire et d'une drôle d'intonation.

J'eus la révélation brusque que ce gars-là était un fortiche, qu'il avait un sacré œil vif, qu'il comprenait au quart de tour. Bon sang, qu'il comprenait vite ! *Quel qu'il fût,* il ne portait pas précisément un morceau de brie en guise de cervelle. Rien d'étonnant à ce qu'il eût compris, au bout de deux sorties, que Marc Covet le suivait. Mais puisqu'il était si fortiche, pourquoi conservait-il par devers lui un document comme celui que je venais de lire, dont le caractère exigeait qu'il soit détruit ? Peut-être parce qu'il n'avait rien d'autre pour justifier de son identité ? Dans ces conditions, *fallait-il changer le menu ?* Pomme de terre rouge ou rosbeef saignant ? Alors, on était quelques-uns à s'être agité pour la peau et en risquant cette dernière gratuitement, pour ainsi dire.

***

Le gros homme aux joues rouges enfouit la lentille additionnelle dans la poche de son loden et parut prendre subitement une décision.

— Tout cela est très joli, articula-t-il, d'un ton glacial, en s'adressant à la femme, mais je ne suis pas venu ici pour assister à vos crises de nerfs. D'ailleurs, entre nous, vous devriez les soigner. Ça vous jouera un vilain tour de les avoir si sensibles. Mais trêve de boniments. Ne perdons pas de temps et jouons cartes sur table. Les lettres sont perdues et bien perdues. Attendre de Victor Fernèse qu'il recouvre la raison et nous livre son secret, simplement parce qu'on l'a transporté dans la maison et le cadre où il élabora ses premiers travaux, c'est se montrer aussi fou que lui. Une autre thérapeutique est nécessaire. Je vous ai déjà fait une proposition. Je la réitère. Je puis faire soigner ce malade par un psychiatre réputé. C'est ma dernière chance. Evidemment, vous comprendrez combien elle est aléatoire. Aussi ne m'est-il guère possible de payer le prix auquel les lettres contenant l'invention détaillée avaient été estimées. Mais nous devons nous faire de mutuelles concessions. Un compromis doit pouvoir satisfaire tout le monde. Je vous ai offert...

— Une somme que j'ai jugée trop faible, l'interrompit-elle. Je vous l'ai dit. Fernèse a dans son crâne un secret qui vaut des millions.

— J'aimerais bien le voir, son crâne. Pour le moment, cet homme est une loque. Mes employeurs seuls peuvent en tirer quelque chose... essayer, tout au moins... *Mein Gott,* gardez le fou, si vous voulez... Vous serez forcée de le tuer un jour tellement il deviendra encombrant... et il ne vous aura pas rapporté un pfennig. Tandis que si vous acceptez mon offre...

— C'était quelle somme, déjà ?

Ils embrayèrent là-dessus. La discussion fut interminable, et passionnée. Parfois, leurs voix n'étaient qu'un murmure. L'instant d'après, la pièce retentissait de jurons. C'était franchement dégueulasse de marchander ainsi la peau d'un homme. Du moins, ça l'aurait été si je n'avais pas compris que, dans une certaine mesure, tout ça c'était du vent.

Je dus somnoler, abruti de douleur, de fatigue et de fièvre. Je fus réveillé par une magistrale gifle. Jackie Lamour, un manteau de voyage cachant les ruines de sa robe, prenait congé, à son habituelle manière douce. Derrière elle, Dédé et Paulot s'apprêtaient à l'imiter. Le rougeaud au loden, qui paraissait satisfait et impatient, s'interposa.

— Ça suffit, gronda-t-il. Comme Fernèse, cet homme m'appartient. Je vous ai dit que je me chargeais de lui.

Le marché était conclu, semblait-il. Les escarpes grognèrent et sortirent avec leur patronne. Le gros homme les accompagna. J'entendis un bruit de moteur. Les voitures qui les avaient amenés devaient être cachées dans les environs.

Rote-Kartoffel rentra, un sourire aux lèvres.

— Enfin seuls, soupira-t-il. Maintenant que les imbéciles ont débarrassé le plancher, nous restons entre gens intelligents et allons pouvoir causer.

Il souffla les lampes. L'odeur de pétrole qui flottait dans la pièce se fit plus intense. Je trouvai cela fichtrement symbolique. Il alla à une fenêtre et en entrebâilla les volets vermoulus. Une lumière grise entra. Déjà le jour ! L'homme s'approcha de moi et se mit en devoir de me libérer des fils de fer rouillés qui me paralysaient. Dans l'opération, il heurta mon bras à l'endroit de la blessure. Je poussai un gémissement.

— Vous me faites songer, dit-il, que le pansement devra être renouvelé. Et avec autre chose qu'un mouchoir. Excusez-moi, mais cette nuit je n'avais pas autre chose sous la main.

Du pied, il poussa les fils de fer dans un coin, alla à la table, rassembla de ses deux mains en coupe tout le bric-à-brac m'appartenant.

— Reprenez vos affaires. Le revolver manque. Mlle Lamour l'a emporté. J'ai oublié de le lui réclamer... Ah ! un autre oubli... ceci aussi est à vous.

Il me tendit la petite boîte rouge. Je la pris, la conservai entre trois doigts. Mon regard alla de la boîte au visage de l'homme, plongea au plus profond de ses yeux. Et je ne pus m'empêcher d'observer, sur un ton admiratif :

— Vous avez l'œil, hein ?

— Mon Dieu, fit-il, avec une moue faussement modeste et amusée, c'est mon métier. Et j'ai rencontré tellement de drôles de...

— Inutile de terminer la phrase, ricanai-je. Je la connais.

Pas très assuré sur mes jambes, je m'approchai davantage du mystérieux personnage. J'hésitai un instant, puis je me dis que je pouvais y aller. C'était casse-cou mais, maintenant, le type m'avait si bien deviné, je pouvais bien lui faire voir que j'étais aussi fortiche que lui.

— Je vous avais surnommé « Pomme de terre rouge », dis-je, Rote-Kartoffel. Ce sobriquet ne demande-t-il pas révision et à être transformé en... en « Rosbeef saignant », par exemple ?

— Vous êtes vraiment très amusant, monsieur Nestor Burma, s'esclaffa-t-il. « Rosbeef saignant » me convient. C'est plus nourrissant que les patates. Mais qu'est-ce qui vous a donné l'idée...

— Un homme vous suivait. J'ignore quelle place vous lui avez assignée mais, de toute façon, vous ne teniez pas à lui faire découvrir où vous alliez, après la visite de Dédé. Vous aviez le pouvoir de faire arrêter Marc Covet. Vous l'avez épargné. En outre...

Je lui tendis les instructions de *Nachforschungen und Untersuchungen* à l'Agent M5.

— Un véritable gestapiste n'aurait pas ménagé le journaliste. L'agent M5 aurait détruit ce document.

— Je ne suis pas, en effet, l'agent M5, acquiesça-t-il, en récupérant le papier. Il y a eu une... erreur dans le courrier. Un facteur distrait. Ça arrive.

Ça gazait. La blessure nettoyée, le pansement renouvelé avec de vraies bandes à pansement et non un mouchoir sale, mon bras me lançait moins. En outre, de Saint-Gaudens où il était allé se procurer les produits pharmaceutiques, Rosbeef-saignant avait ramené des victuailles. Il est vrai que cette nuit il se plaignait de crever de faim. Sobriquets alimentaires obligent, peut-être, il possédait un solide appétit. Comme ce n'était pas le fric qui lui manquait, il avait trouvé facilement tout ce qu'il désirait. « Heureusement », me disais-je, en pensant à tout autre chose que la boustifaille.

— Voyez-vous, dit-il, après notre repas froid, ce malheureux... (il désigna Victor Fernèse, immobile sur une caisse dans un coin de la pièce)... ce malheureux a effectivement inventé un Cinquième Procédé. Pas mal de services secrets en eurent vent, à l'époque, à cause des quelques démarches qu'il fit lui-même. Et quand on s'aperçut qu'il n'était pas fou — ô ironie, au moment exact où il le devint —, ce fut à qui, dans les sections spéciales des trusts pétroliers, mettrait la main sur l'invention. Mais l'invention avait disparu, volée par Sdenko Matitch, et Fernèse avait sombré dans l'insanité. Une véritable toile d'araignée d'agents secrets fut alors tissée sur la planète entière pour recueillir tous renseignements, même les plus futiles, susceptibles d'aiguiller sur une piste menant à ces documents. Peine perdue. Sdenko Matitch avait fait un plongeon dans les ténèbres depuis son larcin. Je suppose que c'est de lui que Jackie Lamour tenait les lettres. Il dut relever la présence de la danseuse à Marseille et... Vous avez entendu parler de Charles Lantenant, bien entendu ?

— Le spécialiste de vol de secrets ? dis-je, utilisant une érudition de fraîche date.

— Lui-même. Jackie Lamour l'a approché de près et Matitch devait le savoir. Dès la première visite du Croate à Marseille, la danseuse qui connaît toute l'importance du secret qu'on lui propose s'abouche, sans doute par affinité, avec la *Petroleum*. Là-bas aussi, on sait ce que ça vaut, l'invention Fernèse. L'agent M5 ira trouver André Clément, puisque c'est lui que Jackie délègue aux transactions. André Clément a été le lieutenant de Lantenant...

Brusquement, je pensai à Florimond Faroux qui ne devait pas ignorer ces détails. Il semblait qu'il m'en eût caché, des choses, mon ami le commissaire. Enfin... ce n'était jamais que la monnaie de ma pièce ; je n'avais pas l'habitude d'être très franc.

— On peut se demander, poursuivit Rosbeef-saignant, pourquoi Matitch n'a pas tenté de monnayer lui-même les documents qu'il détenait ; pourquoi il les a cédés à Jackie Lamour. C'est sans doute qu'il préférait subir une perte financière que se mettre en avant. Depuis ses démêlés avec la Gestapo...

— Ou peut-être, dis-je, ne savait-il pas lire les lettres.

— Personne ne le sait.

— Quoi ?

— Ce n'est pas pour rien que les lettres étaient entourées d'une faveur noire. La clé permettant de déchiffrer les lettres était inscrite selon un procédé chimique sur ce ruban.

Une sueur moite perla à mes paumes.

— Mais alors... Il a flambé au Vieux-Port.

— Eh oui, fit-il, avec un geste fataliste. Les lettres toutes seules n'ont plus la même valeur. Mais on paierait quand même cher pour les avoir. Pour vous continuer l'histoire, Jackie Lamour s'abouche avec la *Petroleum* et M5 va venir conclure l'affaire. Entre-temps, toutefois, des événements surviennent. Un célèbre détective privé vole les lettres à la danseuse pour le compte d'un aventurier qui a entrevu tout le bénéfice à tirer d'une pareille littérature, et Matitch, pris pour le voleur, est exécuté. On découvre son cadavre à Paris et dès qu'une certaine personne, qui n'est dans la Gestapo que pour rechercher le Croate parce qu'on sait qu'il a jadis appartenu à cette police, dès qu'une certaine personne, dis-je, apprend cela, elle se réserve l'enquête. A ce moment-là, cette personne jouit d'une certaine influence. Dans quelque temps, sa mission menée à bien, ça ne sera pas pareil, j'aime mieux vous le dire, mais d'ici là, elle a le temps et le pouvoir de vous faire réintégrer votre domicile la tête haute, monsieur Nestor Burma, et vous assurer d'une tranquillité absolue.

— Merci, dis-je. Je commence à en avoir un peu

marre de ne plus pouvoir me présenter sous mon vrai nom.

— Je vous croyais modeste, ricana-t-il. Votre vrai nom sera encore prononcé, n'ayez crainte. Parce qu'il va falloir expliquer votre résurrection. Mince de besogne, hein ?

— Je me débrouillerai avec les journalistes. Ça fera un papier sensationnel pour Marc Covet. Je lui dois bien ça.

— O.K. Pour en revenir à notre petite affaire, la découverte de Matitch, mort, incite la personne en question à surveiller davantage un autre individu dont elle connaît les attaches avec les bureaux secrets pétroliers d'Europe centrale, à intérêts allemands, individu qui est l'objet de ses soins attentifs depuis pas mal de temps, d'ailleurs. Et c'est ainsi que l'agent M5 ne reçoit jamais ce document.

Il brandit le papier.

— Document aujourd'hui inutile, ajouta-t-il, en grattant une allumette et enflammant le papier. Mais c'était la seule chose qui pût m'accréditer auprès de Jackie Lamour et Cie comme l'agent M5.

Il écrasa les cendres sous son pied.

— Et vous connaissez le reste.

— C'est vous, demandai-je, après un petit silence employé à bourrer une pipe, qui avez eu l'idée de me faire mettre en prison ?

— C'est moi. J'ai réfléchi, après notre séance dans les locaux de la police, que vous étiez détective privé... Et les détectives privés, vous me rendrez cette justice, je connais un peu leurs mœurs, n'est-ce pas ? Bon. Je me suis dit que tout ce mystère, au lieu de vous faire tenir tranquille, allait au contraire vous inciter à y regarder de plus près. Or, je n'avais que faire d'importuns. Excusez-moi, mais je ne suis pas un enfant de chœur. Ça ne m'a pas plu beaucoup de vous voir vous échapper.

— Aviez-vous associé mon voyage à Marseille à la mort de Sdenko Matitch ?

— Si je l'avais fait, je vous aurais entrepris tout de suite... Ça aurait évité des démarches.

— Hum..., graillonnai-je, sceptique. Evidemment, ce que vous avez découvert ici — en admettant que vous ayez découvert quelque chose —, vous l'auriez découvert à Paris, mais je n'aurais peut-être pas été d'aussi bonne composition qu'aujourd'hui. Quoique... Nous ne sommes pas des enfants de chœur, hein ? Vous venez de l'avouer vous-même. Eh bien, j'ai été plusieurs fois sur le point, à Marseille, de venir vous voir... A propos, m'avez-vous reconnu, au *Moderne ?*

— Je ne vous ai même pas remarqué. Mais vous disiez avoir été sur le point de venir me voir. Pourquoi ne l'avez-vous pas fait ?

— Parce que j'ai songé à l'avenir.

— *Comme toujours,* ricana-t-il.

— *Comme toujours,* approuvai-je. Et c'est en vertu de ce principe que... Je vous disais être d'excellente composition. C'est exact. Certaines de vos attitudes m'ont fait réviser mon jugement à votre endroit. J'ai même imaginé une certaine chose que vous ne démentez pas. Mais... on peut se tromper, n'est-ce pas ? Vous comme moi. Vous jouez avec une lentille additionnelle et vous dites : « Détective privé, hein ? » de l'air de me demander : « C'est bien cela ? Pas d'erreur ? » Je réponds simplement que vous avez l'œil. C'est un aveu sans en être un. Je puis trouver à mon exclamation une autre explication. Et tout s'écroule. Je n'ai pas davantage de preuve en ce qui vous concerne.

— C'est très bien d'être prudent, dit-il, compréhensif. Ainsi, nous avons examiné l'affaire et passé en revue le rôle des uns ou des autres, mais pas un instant nous n'avons abordé le vrai sujet.

— Il me faudrait une preuve, répétai-je.

— Ecoutez, dit-il, vous avez la radio, n'est-ce pas ? J'ai l'intention de venir boire un verre à votre domicile parisien, un de ces soirs. Si vous me dites une phrase et que je la fasse répéter par la BBC, le jour qu'il vous plaira, pas avant dix jours par exemple, car j'ai quelques petites affaires à liquider — est-ce que ça vous suffira, comme preuve ?

— Certainement.

— Alors, choisissez tout de suite une phrase.

— *Les fantômes n'ont pas de patrie.*

— Ah, ah, gloussa-t-il, et les bifteaks qui lui tenaient lieu de joues tressautèrent, ah, ah, c'est poétique. Car, *en plus*, vous êtes poète.

— *En plus* est marrant, dis-je.

CHAPITRE XVIII

« LES FANTOMES N'ONT PAS DE PATRIE »

Dédé-le-nervi avait dû me transmettre sa bougeotte. Nestor-le-nerveux, que j'étais. Les maxillaires ankylosés tellement je serrais le tuyau de ma pipe, j'arpentais la bibliothèque. Il y avait dix jours que Rosbeef-saignant m'avait ramené de Saint-Gaudens. Depuis, j'étais sans nouvelles aussi bien de lui que de la police allemande. Que celle-ci ne soit plus venue m'importuner laissait bien présager de l'avenir. N'empêche que... Je regardai la pendule. D'ici une heure, je saurais à quoi m'en tenir. Je serais riche ou pendu. Et si je n'étais pas pendu tout de suite, si le type était plus habile et tortueux que je n'avais imaginé, je risquais d'être fusillé, *après*. La radio murmurait un air de faux jazz, du jazz d'occupation allemande. Je considérai cette boîte avec un curieux sentiment. D'elle dépendait un tas de trucs pour le petit Nestor. Si tout à l'heure parmi les messages personnels figurait le fameux *Les fantômes n'ont pas de patrie,* je pouvais espérer conclure une bonne affaire sans craindre de désagrément. Je me demandais où il était, Rosbeef-saignant. Il m'avait dit retourner à Marseille. A cette heure, il devait être en route pour chez moi, sans doute. Sans transition, je sautai à Fernèse. Rosbeef-saignant s'était très humainement occupé de lui. Admis à Sainte-Anne, Fernèse.

Pour toujours. Incurable. En somme, il n'y avait que Nestor Burma qui fût en mesure de sauver la situation. Je lorgnai la serviette de cuir ramenée le jour même de chez Hélène Chatelain, serviette que je lui avais laissée, lors de mon premier retour de Marseille, et à cause de quoi je m'inquiétais tant du sort de ma secrétaire quand j'étais mort-vivant. Oui, sans Nestor Burma et sa conception de la morale... Ça me flanquait plutôt mal au crâne, une telle responsabilité.

J'ouvris la fenêtre. La nuit était froide. Le ciel luisait d'étoiles. Je n'eus pas le loisir de le contempler longtemps. Un coup de sifflet strida. « Lumière », gueula un agent de la défense passive qui se trouvait juste à proximité. La poésie est incompatible avec la guerre. Je me recalfeutrai et poursuivis mes réflexions, bourrant pipe sur pipe et asticotant le poêle.

Le timbre de la porte résonna. J'allai ouvrir. Rosbeef-saignant se tenait sur le palier. Il n'était pas seul. Florimond Faroux l'accompagnait.

— Eh bien, dis-je, ennuyé, une drôle de surprise, hein ?

— J'espère, sifflota l'homme aux joues écarlates, que le commissaire et la radio seront des garanties suffisantes.

— Certainement. Entrez donc. La bibliothèque est chauffée.

Les deux hommes s'assirent. Je restai debout, les mains dans les poches.

— Vous faites une drôle de tête, remarqua l'agent secret.

— C'est que je n'aime pas passer pour une andouille. Alors, comme ça, vous vous connaissiez ?

— Seulement depuis quelques jours. Il s'est trouvé qu'à la suite de la mort de Sdenko Matitch, M. Faroux a été chargé d'une certaine mission... Voyez-vous, certains services français s'occupaient aussi de la découverte de Fernèse. Des concurrents, en quelque sorte, mais en raison de l'état de guerre et de notre lutte commune contre les nazis, nous sommes parvenus à un accord et c'est ce que M. Faroux vous certifiera.

— Vous devez remettre un objet à monsieur, dit le policier.

— Oui, à l'heure des messages personnels. En attendant... Dites donc, commissaire, vous m'avez caché un tas de trucs. Vous n'alliez pas tellement à l'aveuglette.

— Je devais recueillir le plus de renseignements possible sur Matitch et ses relations. C'était tout.

— Dans ce genre d'opérations, on n'est pas prolixe de détails, remarqua Rosbeef-saignant, en type du bâtiment.

Je tournai les boutons moletés du poste de radio.

— Ici Londres, nasilla la boîte.

— Mais vous n'ignoriez pas l'existence de Fernèse ?

— Je ne l'ignorais pas. Je savais que le secret d'une invention lui avait été dérobé par le Croate.

— A un moment, puisque Bonvalet avait des tuyaux particuliers sur Saint-Gaudens, j'ai été sur le point de lui parler de l'ingénieur. Je me suis abstenu. C'est aussi bien car vous auriez alors compris que j'en savais plus que je ne disais et les événements ne se seraient pas déroulés comme ils se sont déroulés.

— Sacré bonsoir, fulmina Faroux. Et vous avez le culot de me reprocher ma réserve ! D'où connaissiez-vous Fernèse ?

Je racontai le drame de l'asile. Sa moustache frémit.

— Eh bien, alors ! Toujours aux premières loges, Nestor Burma ! Les événements de Saône-et-Loire, je ne les ai sus qu'à mon retour. Puisque Frédéric Delan était votre ami, vous apprendrez peut-être avec plaisir que son assassin a été arrêté. Ce n'était pas un complice de Jackie Lamour. Un homme de main, seulement. Un bavard, d'ailleurs, et c'est comme ça que nous l'avons eu. Déjà, j'avais été rappelé et nanti d'autres ordres. Ceux, notamment, d'accompagner monsieur ici ; monsieur qui n'est pas *vraiment* de la Gestapo, j'ai été fort aise de l'apprendre...

— Nous allons le sa...

Le poste de radio, qui crachouillait terriblement sous l'effet du « brouillage », lança :

— Et voici les messages personnels.

Nous nous fîmes attentifs.

— Le chapeau de la gamine ressemble au facteur Cheval... Cléopâtre ira au Bar Vert sur un vélocipède... Très particulier... *Les fantômes n'ont pas de patrie...* Nous répétons. Très particulier... *Les fantômes n'ont pas de patrie...* Ne laissez pas les en...

J'arrêtai l'émission. J'allai à la serviette de cuir, l'ouvris, en retirai un rouleau de pellicule, le tendis à Rosbeef-saignant.

— Voici la copie des lettres, dis-je.

— Nom de Dieu ! jura Faroux.

Rosbeef-saignant souriait et ouvrait lui aussi une serviette.

— Oh, ça va, grommelai-je, m'adressant au commissaire. Ne jurez ni ne parlez. Pensez ce que vous voudrez, mais ne dites rien. Ça m'ennuie déjà assez que vous soyez témoin de cette combine. Ce n'est pas un truc très reluisant, mais... merde, éclatai-je, cachant ma confusion sous la colère, il faut bien vivre. J'ai eu ces lettres à ma disposition toute une nuit. Elles étaient d'un bon rapport, paraît-il. Il faut penser à mes vieux jours. je les ai photographiées.

— Et vous avez eu fichtrement raison, approuva l'homme aux joues rouges, qui ne se prétendait pas pour rien autre chose qu'un enfant de chœur. Finissons-en, ajouta-t-il, je suis assez pressé. Ainsi que je vous l'ai déjà laissé entendre, monsieur Burma, la copie des lettres a moins de valeur que les originaux, à cause du ruban noir qui contenait la clé en permettant la lecture. Nos services cryptographiques auront certainement beaucoup de difficultés avec le déchiffrage. Ils y parviendront ou ils n'y parviendront pas, cela ne vous regarde plus. Ce que je vous paye, c'est la copie des lettres. Voici une somme très importante. La moitié de la somme, plutôt. L'autre moitié vous sera remise lorsque, après développement et tirage de la pellicule, nous nous serons assurés que ce sont bien les photos des lettres de Fernèse.

Il tira de sa serviette de nombreuses liasses de billets de banque coupés en deux et les étala sur la table.

— Un billet de ce genre a été fatal à Triple B, remarquai-je, rêveusement.

— Pas d'idées noires, ricana-t-il. Lorsque vous aurez les autres bouts, vous pourrez vous payer une douzaine de danseuses encore plus excitantes que Jackie Lamour. A propos de Jackie Lamour...

Il pouffa, retira ses lunettes, embua et frotta les verres et rechaussa le tout.

— Il lui en est arrivé une bien bonne. Pour me débarrasser d'elle, à Saint-Gaudens, et afin d'être seul avec vous, j'avais été obligé de lui colloquer une certaine somme, une somme entière, que je me promettais de récupérer, car j'ai des principes d'économie, en la faisant mettre en prison, par exemple. En prison par les services allemands, bien entendu. Mais, lorsque j'ai rallié Marseille, c'était déjà fait. En réintégrant sa villa, en compagnie de Dédé et Paulot, elle était tombée sur les hommes de M. Faroux. Il m'a donc été facile de rentrer dans mon argent, car j'ai pris la danseuse en charge, avec tout ce qu'elle avait sur elle lors de son arrestation, notez ce détail. Dédé et Paulot sont restés à Chave et ils ne sont pas près d'en sortir, quant à elle... Non, vrai, c'est trop drôle... Je l'ai conduite à la Gestapo, sous le prétexte de la mettre à l'abri de la police française, en réalité pour me donner le temps de prendre une décision à son égard. Et savez-vous ce qui s'est passé ? Ces messieurs ont découvert dans son sac à main un revolver espagnol. Un revolver espagnol qu'ils cherchaient depuis longtemps, car c'est avec cette arme, l'examen des projectiles en fit foi, qu'avait été descendu un officier de la Gestapo, au Vieux-Port. Croyez-vous, hein, tout de même, la drôle de bonne femme que c'était, cette Jackie Lamour ? Je n'ai pu rien faire en sa faveur, évidemment, réprouvant, personnellement, ce genre d'attentats. Ce qui fait que... Elle avait une fort jolie poitrine, n'est-ce pas ? (Il grimaça.) Je me demande quel aspect elle doit avoir, maintenant, avec douze trous dedans. Elle ne doit même pas exciter les vers de terre.

Florimond Faroux et Rosbeef-saignant devaient être à peine au bas de l'escalier lorsque les sirènes retentirent, mugissant l'alerte. Je ne me demandai même pas si j'allais ou non descendre à l'abri. Une vague de lassitude, un cafard imprécis, me submergeaient. Les billets coupés en deux étaient toujours sur la table. Je me dis que je les rangerais demain. A moins que d'ici là, une bombe... Comme pour me donner raison, la maison parut vaciller sur ses bases, cependant qu'une énorme explosion se produisait. Je réfléchis machinalement que la proximité de cette saloperie d'usine me contraindrait aux économies ; que je n'aurais pas besoin d'acheter un drapeau pour fêter la fin de la guerre : je risquais fort de ne pas assister à cet événement tant désiré. L'idée de gagner la cave ne me vint pas pour autant. Tout me paraissait affreusement vain. Je m'assis.

Le poêle ronflait. Des avions aussi, au-dessus de l'immeuble. J'entendis une porte battre et la voisine descendre l'escalier, avec son bébé dans les bras, comme à chaque fois que l'on donnait l'alerte. L'enfant pleurait. Je songeai que Triple B avait été un bébé, lui aussi ; et Maillard, et Jackie Lamour, et tous ceux qui allaient crever, cette nuit et les suivantes, qu'ils fussent Muller, Smith ou Dupont. Tous nerfs tendus, j'attendais une autre explosion sans pouvoir déterminer si je l'espérais ou la redoutais. Elle ne vint pas. Je perçus seulement de lointains bruits sourds, pas catholiques. Puis, une D.C.A. toute proche cracha hargneusement. Une horloge profita du silence qui suivit pour égrener des heures, qui tombèrent, paisibles, dans l'angoisse ambiante, en accroissant la tension, par contraste. Le temps continuait. En semblable circonstance, je ne le constatais jamais sans étonnement. Je regardai la pendule, au tic-tac familier. Il y avait cinq minutes que mes visiteurs m'avaient quitté. C'était à peine croyable.

La sonnette du palier me fit sursauter. Je m'en fus ouvrir, comme dans un rêve. Florimond Faroux faillit me tomber dans les bras. Sa vue me rendit mes esprits.

— Bon Dieu m'écriai-je. Comment êtes-vous fait ?

Nu-tête, il avait les vêtements déchirés et roussis, une ligne sanglante lui barrait la joue et poissait sa moustache.

— Ce n'est rien, haleta-t-il. J'aurais pu y rester...

Il se laissa choir dans un fauteuil, se passa une main sale sur la figure :

— Il y a de l'alcool chez vous, non ?... C'est pour cela que je suis revenu. Bon sang, quelle émotion ! Ça nous a pris à peine à cinq cents mètres de chez vous. Un barouf du tonnerre... La bagnole... tout a valsé... Je croyais que la rue sautait aussi... Je me demande comment je m'en suis tiré... Peut-être parce que je suis moins gros que lui...

Je disposai deux verres sur la table, entre les liasses de

billets. J'emplis les verres d'une eau-de-vie de marché noir.

— Ah, oui, murmurai-je, parce que, lui...

Je pris un verre et bus. Le policier en fit autant.

— Comme une allumette, Burma, comme une allumette. Sa dernière pensée a été pour son boulot. « La pellicule », qu'il a gueulé. Elle a grillé aussi. Il n'y avait pas moyen de s'en saisir.

Il reprit de l'alcool. Sa main tremblait. Le goulot de la bouteille heurta le verre. Je bourrai une pipe en hochant la tête. Dehors, la nuit vibrait sous le coup de fouet des explosions lointaines. Mon regard s'arrêta sur les liasses de billets.

— La pellicule, chuchota Faroux.

Et soudain, par association d'idées :

— Vous êtes un drôle de mec, Nestor Burma !

— N'est-ce pas ? dis-je, pensivement.

Je n'arrivais pas à détacher mon regard des liasses. Je haussai les épaules.

— Eh bien, mon vieux Florimond, être un drôle de mec, c'est comme le crime... ou la guerre...

Je pris une liasse, ouvris le poêle et, un à un, lentement, jetai les billets dans le feu.

— Ça ne paye pas.

FIN

Paris 1946

TABLE

Chapitre	I.	— 1942. Mission à Marseille	9
Chapitre	II.	— Le train 108	22
Chapitre	III.	— La mort de Nestor Burma	33
Chapitre	IV.	— En pleine macédoine	42
Chapitre	V.	— Les nuits de l'asile	58
Chapitre	VI.	— Bonne continuation	79
Chapitre	VII.	— Histoires de danseuses	92
Chapitre	VIII.	— Travail du chapeau	98
Chapitre	IX.	— Rue tranquille	109
Chapitre	X.	— Mondanités en tous genres	117
Chapitre	XI.	— L' « assassin » de Nestor Burma	131
Chapitre	XII.	— On en apprend, des choses !	144
Chapitre	XIII.	— Le cinquième procédé	157
Chapitre	XIV.	— Ça commence à craquer	166
Chapitre	XV.	— Ça craque complètement.	176
Chapitre	XVI.	— Surprise-party	188
Chapitre	XVII.	— Pomme de terre rouge ou Rosbeef saignant ?	196
Chapitre	XVIII.	— Les fantômes n'ont pas de patrie	211

*Achevé d'imprimer en mai 1985
sur les presses de l'Imprimerie Bussière
à Saint-Amand (Cher)*

— N° d'impression : 961. —
Dépôt légal : juillet 1985.
Imprimé en France

PUBLICATION MENSUELLE